湖州近代人物珍贵手札

Huzhou Jindai Renwu Zhengui Shouzha

湖州市民国史研究院
中国社会科学院近代史研究所 编

国家图书馆出版社

图书在版编目（CIP）数据

湖州近代人物珍贵手札 / 湖州市民国史研究院, 中国社会科学院
近代史研究所编. — 北京 : 国家图书馆出版社, 2020.5
　　ISBN 978-7-5013-6660-6

Ⅰ .①湖… Ⅱ .①湖… ②中… Ⅲ .①书信集—中国—民国 Ⅳ .①I266.5

中国版本图书馆CIP数据核字（2019）第041052号

书　　名　**湖州近代人物珍贵手札**

著　　者　湖州市民国史研究院　中国社会科学院近代史研究所　编
责任编辑　王燕来
封面设计　一瓢工作室
内文设计　爱图工作室

出版发行　国家图书馆出版社（北京市西城区文津街7号　100034）
　　　　　（原书目文献出版社　北京图书馆出版社）
　　　　　010-66114536　63802249　nlcpress@nlc.cn（邮购）
网　　址　http://www.nlcpress.com
经　　销　新华书店
印　　装　北京联兴盛业印刷股份有限公司
版次印次　2020年5月第1版　2020年5月第1次印刷

开　　本　880×1230毫米　1/16
印　　张　19
书　　号　ISBN 978-7-5013-6660-6
定　　价　280.00元

《湖州近代人物珍贵手札》编委会

序

　　近代湖州名人辈出，有国际或全国性影响的人物就举不胜举。这本《湖州近代人物珍贵手札》所收仅限于中国社会科学院近代史研究所所藏，但 35 位作者中有一流的政治家、思想家、学术大师、科学家、教育家、金融家、书法家、鉴赏家、藏书家，也有杰出的外交官、著名大学的校长、成功的商人、爱国敬业的高官，如国学大师俞樾，科学家和教育家任鸿隽，辛亥革命"首功之臣"陈其美（英士）和毁家纾难的张静江，近代法学奠基人沈家本，藏书家、嘉业堂主人刘承幹，抗日烈士、忠贞的外交官杨光泩，语言学家、燕京大学校长陆志韦等，每个人物都代表了湖州乃至中国历史的一个侧面。

　　正因为如此，尽管所收大多只是他们的短札散简，但片羽吉光，弥足珍贵，往往是中国近代史中重要篇章，时间跨度从清末至中华人民共和国成立前，或可补史料之缺，或可使史实更加丰富多彩，更为具体生动。

　　如清末刑部右侍郎沈家本致佚名函详细讨论了强盗、抢夺案适用法律的原理和演变，坚持"网开一面"的宽严结合原则，声明即将"参用西律"时"改而从轻"。此函还留下了"直隶一省每岁盗案约在四百起上下，正法之犯多至数百人"这样的史实。

　　陈其美致陈惠生是一封一百多字的短信，却透露了他刚到神户时的窘迫。张静江致孙中山的长函，响应孙中山对时局的宣言，表明坚持革命，严惩"违法叛逆之人"的决心；对附呈的陈英士最近遗函，要求"阅后仍为掷还，俾作纪念"。一封致佚名的短函提供了国民党党史的一个细节，寄特别区党部秘书处照片两张换发新党证，以及当时张寓地址。沈联芳致孙中山两函可充实护法战争的军事、政治和西南地区的实况。

　　张廷灏的四封信是国共两党的珍贵史料。张廷灏是中共早期党员，1924 年毛泽东到上海任国民党上海执行部组织部秘书，兼文书科秘书、代理文书科主任，至 7 月辞去组织部秘书，即推荐张廷灏继任。第一封是民国二十三年三月二十三日向组织部长胡展堂（汉民）"转总部诸先生"报告淞沪第六区区党部在复旦大学成立的情况，选出的五位常委名单，通过的三项决议。在张廷灏署名前的"秘书"两字被批示人划去，写上"应称常务委员"。写给"泽东同志"的一封信报告"宣言、党纲、入党表、特刊和信都收到"，要求再寄20张志愿书，并表示"下学期只要能维持我的生活，极愿专为合作运动效力也"。另一封是写给"中国国民党上海执行部组织部"和"毛泽东同志"的，是对第一、二号通告的反应，报告第六区第二区分部"党员现有四十五人，尚有十余人欲加入而未有（志）愿书填，故未算入"，要求再寄入党表等50份。

戴传贤（季陶）给吴稚晖的3封信中，两封都是4页、6页的长信，是在他为国民党执行委员会起草完宣言、训词、孙中山先生永久纪念会章程和中山先生著作讲演记录要目后南归前夕的辞行信，反映了孙中山逝世后国民党内部的复杂局势与戴的心态。

时任建设委员会主席的张静江致函蒋介石，要求对淮南煤矿与英、德合作设厂炼油项目进出口免税的优惠，而此项目成功后平时商用，战时可供军需，指出欧陆日本各国为谋石油自给不遗余力，中国不应忽视。时任中央大学校长的张乃燕，因国民党向南京特别市党部办理党员登记时因故未填全而被判定为"登记不及格"。他是张静江侄儿，就直接上书"介石世叔"，要蒋"詧核主持"。

国民政府主计长陈其采的辞职呈文楷法工整，后面有主席林森的亲笔批示："辞职毋庸议，再续假两星期静养。"

潘公展有三封信是写给胡适的，一封是咨询投考北大，或清华官费留美空额的办法，二封是寄送译稿请教翻译出版事宜的。其中一封用的是潘自制的信笺，两个对开红框中是"毋忘五月九日国耻纪念"十个大字和"公展"署名小字。另两张用的是上海市北公校的信笺，这是我高中的母校，见到后特别亲切。但另几封信中的潘公展就判若两人，特别是那封以上海市教育局用笺写给"介公委员长"的长信，对蒋介石密电查问《晨报》一篇"指责外交当局"的评论，用极其卑微委婉的语句向蒋介石解释："《晨报》立场在表面上为股份公司一普通之报纸，而实际上又尽人皆知，为与中央有相当关系之报纸，故立言似尤应慎重，顾到各方，既欲尽其献曝之忱，又须不违中央之意，而同时仍拟设法避免机关报之名称，故苦心设计，始有此较为婉陈之评论……字里行间为中央话说，向社会譬解者，另用红笔标明。凡此诸句均为苦心斟酌之处，使读者无形中觉得华北谈判并非不当，并非不可谈判，以减轻中央所负之责任耳。"他信誓旦旦："总之，《晨报》决秉一贯主张，在钧座指导之下发表议论，而同时力避机关报之形式，以增效率。"请求"尤盼钧座对于内外大事应予立论之方针，时时密电先示，俾有遵循"。

杨光泩在担任外交官前，曾出任英文上海《大陆报》总编，一个月后就发现这个"党国对外宣传之唯一喉舌机关"经济支绌。估计是他向相关部门求助未得要领，只能将要求补助国币叁千元的报告直接打给"国民政府军事委员会委员长行营蒋"，不知是否有下文。

实业部长吴鼎昌在民国二十六年七月十一日报告行政院长，"纱布交易所查办案，八日奉面谕，立即通知徐恩曾兄分别电告驻沪查账人员即行结束，遵办矣"；看了吴鼎昌所附"公务员涉及嫌疑之点"七张密件，蒋介石显然不满，写了一段批语："所谓盛家者，只有盛五少姊与盛七少姊，而事实与盛男老七盛升颐无关，可以断言也。中正"

交通银行行长钱新之给蒋介石的报告是以治病为由请示辞职，也提醒蒋注意，"沪上情况日非，金融枢纽，关系商民生计、抗建前途至大且巨，未可以撤退了事"。

中统局长徐恩曾给中央秘书长吴铁城的密信足以演绎为一部电视剧：香港站报告有一位"陈季博同志"有意回国，中统局寄去国币二万元接济。但因香港站被敌方破获，这位陈同志也被牵连传讯，被迫出任敌香港区政所中央区长。日本华南海军武官府又让驻澳门的肥后武次大佐邀他来访，试探"和平空气"。徐恩曾请示，是利用陈到澳门机会劝他归国，"脱离虎口"，还是让他继续留在香港，"与敌周旋，藉为工作上之掩护"。徐恩曾另四封信是报告许汝为（崇智）在香港因拒绝与日方合作，经济困难，要求予以接济。在其中一封上吴铁城批示："先函杜月笙，问许汝为处有无经常接济，其数目多少，再拟报请总裁。"

陈立夫回复北平图书馆馆长袁同礼（守和）的一封信也有故事，袁的原信是从香港写给在美国的胡适，估计是胡适转给了时任教育部长的陈立夫。当时北平图书馆有一批善本寄存在上海租界，为避免一旦日本军进入租界可能造成的损失，胡适与美国方面商定，运往美国国会图书馆保存，但海关总税务司英国人梅乐和不肯发给放行证，已与美方拟定办法，请胡适在美国协助解决。并希望胡适为北平图书馆争取美国援助团体的资助。陈立夫的复函称：已呈孔副院长，奉复函"为避某方注目，可先分批运港、菲，再行转美。经已急电总税务司，仍遵前电饬放"。"某方"显然是指对这批善本虎视眈眈、随时可能进入租界的日本侵略者。

朱家骅给胡适的四封信都是公事，请他挂名出席世界青年大会中国代表团的赞助人，出席联合国教育文化大会（联合国教科文组织前身）并代理总代表一职以及经费拨发、对外口径一致等事。另一封则是向胡适倾诉他辞任教育部长苦衷的私函。

奉化溪口是蒋介石故乡，1949 年初蒋介石宣布下野后又回到溪口，当地的水利工程惊动了著名水利学家、水利部政务次长沈百先，一份由他起草的《溪口镇附近水利工程初步计划节略》于当年 2 月 20 日呈报"总统蒋"，还附有设计草图。除由浙江省政府与"中央"拨款外，还拟动用水利示范工程处、浙江水利局和淮河工程总局。不过由于时势变动，这份计划始终只是计划。

国民党陆军一级上将胡宗南用钢笔在两张纸上写给"经国弟弟"的信，一则感谢他"冒了危难，飞临了西昌"，吹捧"以忠实、坦白、不保留的态度，督责诸同人，这对我们幕僚的启示，非常伟大"；一则向他催促赶快运送许诺的一个师武器。

这批信札中写给胡适的最多，有 35 封，这是因为胡适留存大陆的书籍文件大多由中国社会科学院近代史研究所收藏。"北大三沈"之一的沈士远写给胡适的四封信都是白话，但格式脱不了传统，偶尔还用了文言。另一位沈尹默留下的是两页一首白话新诗和一张从日本寄给胡适的明信片，是用钢笔写的白话。陆志韦给胡适的信是给《独立评论》投了一篇《闲话数学教育》，用的是燕京大学的西式信笺，是用钢笔写的。右上方居然还用小字加着："如有违碍忌讳处，不妨删改，您可作主。"

任鸿隽在日本留学时写给胡适的信还是用文言，但以后写给丁文江一封与写给胡适的三封信都是白话，所附的几首诗词全是旧体，写给孙洪芬谈公事的一封依然用文言。任鸿隽给丁文江的信说明胡适与他在某一问题上与丁产生严重分歧："你那样的生气，使我大吃一惊。我立刻写了一信与适之，要他转寄与你看看。适之今天把信退回，说不能转寄，并且劝我不要打笔墨官司。我想笔墨可不必打，像你那样严重的责备，设如我不说几句话，弄个明白，既无以对朋友，亦无以对自己。现在我把寄适之的信给你看，也许可以消一消你的气。匿怨而友，古人所耻。你若觉得我还有什么不对，请直捷爽快的写信告诉我，则感激不尽。再则我们写这些信，完全是私人关系，与公事无涉，特此声明。"众所周知，他们之间保持着终身友谊，但在原则问题上互不相让，又公私分明，显示了真正的君子之交。

钱玄同给胡适的几封信中，1920年12月19日的一封是专门讨论学问的："你对于《春秋》，现在究竟认牠是一部什么性质的书？你在《哲学史》中说《春秋》不该当牠历史看，应该以《公》《穀》所说为近是，牠是孔子'正名'主义的书；后来你做北大《国学季刊宣言》，对于清儒治《春秋》而回到《公羊》的路上，认为太'陋'了，并且和治《易》回到'方士'的路上为同等之讥评。"认为他前后不一，又说明自己"主张你前一说而略有不同"，要求胡适直接答复。

俞平伯写给胡适的6封信都是有关介绍学生到北大旁听，送稿子，约会，考试安排，解释不应聘原因等教务与学术问题，其中1946年7月31日推荐废名任教北大的信不仅内容具体，理由充足，并以工楷缮写，似正式公文，内称：冯（废名本名冯文炳）于事变之年，以母丧返里，后避兵乡间，教学为活，去年始迁回黄梅城内，于旧京前迹颇致怀想。窃惟废名畸行独往，斯世所罕，其学力如何，当为先生所深察。近闻其于忧患之中，完成其生平最得意之《阿赖耶识论》（仅有稿本，平尚未得读，闻与其同乡熊十力之《新唯识论》之旨相反也）。是文哲二系均可任课。或教授不易位置，总须专任，否则其生计将无法支持也。废名因此被北大国文系聘为副教授。

35人中，大多不以书法著称。即使是书法大家沈尹默的两件，也是写于早年，其中一件还是用钢笔写的明信片。这些信函中没有刻意创作的书法作品，但书法水平几乎都在常人之上，不少堪称精品。写这些信函时，作者多数还是青年，部分属中年，查他们的履历，都没有专门研习书法或从事艺术创作的经历。这说明他们的书法水平，除出于天赋外，是严格的家庭传承和良好的基础教育的结果，这也显示了湖州深厚的文化底蕴。

我虽出生于吴兴县南浔镇（今属湖州市南浔区），从小听着长辈"四象八牛七十二金狗"的自夸，但十二岁就迁居上海，留下的印象只是贫穷的家庭和衰败的市镇。虽然我从小喜欢看书，记忆力也较强，但直到改革开放，有关南浔、湖州的历史、文化看不到什么书，只是高中时在旧书摊买到过《适园丛书》《嘉业堂丛书》各一册零本。只是在从事历史地理和历史研究后，故乡的历史风貌才越来越亲切，往事和人物才越来越丰富而具体。《手札》有幸先睹，使我增长了新知识，加深了对故乡历史文化的了解。

由此我想到，旅居台湾、港澳和海外的湖州乡亲和他们的后人，大多年纪比我还年轻，他们长期远离故乡，有的还从未回来过，对故乡的了解恐怕不会比我多吧。如果让他们看到《手札》，今后再出版些类似的书，他们一定会乐意阅读欣赏，一定会感到祖辈前贤音容宛在，家山故园相去不远。

湖州市民国史研究院成立未久，但通过与中国社会科学院近代史研究所、华中师范大学中国近代史研究所、浙江大学蒋介石与近代中国研究中心等机构联系合作，并得到乡前辈、著名历史学家章开沅教授等人指导，已举办"湖州民国人物与抗日战争交流座谈会"和"海峡两岸湖州民国人物与思想文化学术研讨会"，出版期刊《湖州民国史研究》，并将出版《湖州简史（1911—1949）》。此次与中国社会科学院近代史研究所合作出版《手札》，更使我深信，据有天时、地利、人和的湖州市民国史研究院能大有作为。

复旦大学资深教授、图书馆原馆长
中央文史研究馆馆员、十二届全国政协常委
湖州市民国史研究院名誉院长
葛剑雄　2018 年 9 月

目　录

序 ·· 1

俞樾 ·· 1
　俞樾致花农（徐琪）函 ··· 2
　俞樾致花农（徐琪）函并再启 ·· 4
　俞樾致季玉（潘曾玮）函 ··· 12
　俞樾致清卿（吴大澂）函 ··· 13
　俞樾致清卿（吴大澂）函 ··· 14

沈家本 ·· 15
　沈家本致佚名函 ··· 16

钱恂 ··· 22
　钱恂致李盛铎函 ··· 23

刘锦藻 ·· 24
　刘锦藻致李盛铎函 ·· 25

胡惟德 ·· 26
　胡惟德致梁敦彦函 ·· 27

沈金鉴 ·· 29
　沈金鉴致小舫（杜文澜）函 ·· 30

沈联芳 ·· 34
　沈联芳致孙中山函 ·· 35
　沈联芳致孙中山函 ·· 37

张静江 ·· 40
　张静江致蒋介石函 ·· 41
　张静江致吴稚晖函 ·· 48

张静江致孙中山函 ·········· 49

张静江致吴稚晖函 ·········· 54

张静江致佚名函 ·········· 55

陈其美 ·········· 56

陈其美致陈惠生函 ·········· 57

章宗祥 ·········· 59

章宗祥致吴稚晖函 ·········· 60

章宗祥致吴敬恒（吴稚晖）函 ·········· 67

沈士远 ·········· 69

沈士远致适之（胡适）函 ·········· 70

沈士远致适之（胡适）函 ·········· 72

沈士远致适之（胡适）函 ·········· 75

沈士远致适之（胡适）函 ·········· 76

陈其采 ·········· 79

陈其采致林森函 ·········· 80

徐森玉 ·········· 84

徐森玉致夫子大人（李盛铎）函 ·········· 85

徐森玉致少微（李滂）函 ·········· 87

徐森玉致少微（李滂）函 ·········· 88

刘承幹 ·········· 90

刘承幹致玉初老伯（劳乃宣）函 ·········· 91

刘承幹致筱珊老伯（缪荃孙）函 ·········· 96

刘承幹致佚名函 ·········· 99

刘承幹致筱珊老伯（缪荃孙）函 ·········· 101

刘承幹致筱珊老伯（缪荃孙）函 ·········· 106

沈尹默 ·········· 109

沈尹默小文一则 ·········· 110

沈尹默致胡适明信片 ·········· 111

吴鼎昌 ·········· 113

吴鼎昌致蒋介石函 ·········· 114

吴鼎昌致蒋介石函 ·········· 118

吴鼎昌致吴铁城函 ·················· 119

吴鼎昌致吴铁城函 ·················· 121

吴鼎昌致吴铁城函 ·················· 123

钱新之 ··························· 124

钱新之致蒋介石函 ·················· 125

任鸿隽 ··························· 127

任鸿隽致在君（丁文江）函 ············· 128

任鸿隽致孙洪芬函 ·················· 129

任鸿隽致适之（胡适）函 ·············· 131

任鸿隽致佚名函 ···················· 132

任鸿隽致适之（胡适）函 ·············· 134

任鸿隽致适之（胡适）函 ·············· 137

任鸿隽致适之（胡适）函 ·············· 140

钱玄同 ··························· 141

钱玄同致叔永（任鸿隽）函 ············· 142

钱玄同致适之（胡适）函 ·············· 143

钱玄同致适之（胡适）函 ·············· 144

钱玄同致适之（胡适）函 ·············· 147

钱玄同致适之（胡适）函 ·············· 148

钱玄同致适之（胡适）函 ·············· 149

沈兼士 ··························· 151

沈兼士致适之（胡适）函 ·············· 152

沈兼士致适之（胡适）函 ·············· 153

沈兼士致适之（胡适）函 ·············· 155

沈兼士致适之（胡适）函 ·············· 156

沈兼士致适之（胡适）函 ·············· 157

戴季陶 ··························· 158

戴季陶致吴稚晖等函 ················· 159

戴季陶致吴稚晖函 ·················· 163

戴季陶致吴稚晖函 ·················· 164

陈果夫 ··························· 170

陈果夫致中国国民党中央执行委员会函 ·········· 171

陈果夫致吴铁城函 ·········· 173

陈果夫致吴稚晖函 ·········· 174

陈果夫致叶楚伧函 ·········· 176

陈果夫致中国国民党中央秘书处函 ·········· 177

朱家骅 ·········· 179

朱家骅致适之（胡适）函 ·········· 180

朱家骅致适之（胡适）函 ·········· 181

朱家骅致适之（胡适）函 ·········· 183

朱家骅致适之（胡适）函 ·········· 185

朱家骅致中国国民党中央执行委员会秘书处函 ·········· 189

朱家骅致蒋介石函 ·········· 190

张乃燕 ·········· 192

张乃燕致蒋介石函 ·········· 193

陆志韦 ·········· 197

陆志韦致徐志摩函 ·········· 198

陆志韦致适之（胡适）函 ·········· 199

胡世泽 ·········· 200

胡世泽致Teh Chuan函 ·········· 201

胡世泽致Teh Chuan函 ·········· 202

胡世泽致Teh Chuan函 ·········· 204

胡世泽致Teh Chuan函 ·········· 205

潘公展 ·········· 206

潘公展致适之（胡适）函 ·········· 207

潘公展致适之（胡适）函 ·········· 209

潘公展致适之（胡适）函 ·········· 212

潘公展致蒋介石函 ·········· 213

潘公展致吴铁城、雪艇（王世杰）函 ·········· 218

潘公展致吴铁城函 ·········· 219

胡宗南 ·········· 221

胡宗南致蒋经国函 ·········· 222

徐恩曾 ･･ 224
　徐恩曾致吴铁城函 ･････････････････ 225
　徐恩曾致吴铁城函 ･････････････････ 226
　徐恩曾致吴铁城函 ･････････････････ 229
　徐恩曾致吴铁城函 ･････････････････ 230
　徐恩曾致吴铁城函 ･････････････････ 232
　徐恩曾致吴铁城函 ･････････････････ 234
　徐恩曾致叶楚伧函 ･････････････････ 235
沈百先 ･･ 236
　沈百先致蒋介石函，附水利河道图 ･････････････ 237
雷震 ･･･ 242
　雷震致吴铁城函 ･･･････････････････ 243
　雷震致吴鼎昌函 ･･･････････････････ 244
　雷震致佚名函 ･････････････････････ 245
杨光泩 ･･ 247
　杨光泩致佚名函 ･･･････････････････ 248
　杨光泩致顾维钧函 ･････････････････ 249
　杨光泩致吴铁城函 ･････････････････ 251
　杨光泩致畅卿（杨永泰）函 ･･････････････ 252
　杨光泩致蒋介石函 ･････････････････ 253
　杨光泩题词 ･･･････････････････････ 255
俞平伯 ･･ 256
　俞平伯致适之（胡适）函 ･････････････ 257
　俞平伯致适之（胡适）函 ･････････････ 259
　俞平伯致适之（胡适）函 ･････････････ 260
　俞平伯致适之（胡适）函 ･････････････ 261
　俞平伯致适之（胡适）函 ･････････････ 262
　俞平伯致适之（胡适）函 ･････････････ 263
陈立夫 ･･ 264
　陈立夫致吴铁城函 ･････････････････ 265
　陈立夫致吴铁城函 ･････････････････ 267

陈立夫致吴稚晖函 ·· 268

陈立夫致俞鸿钧函 ·· 270

陈立夫致岳军（张群）函 ·· 271

陈立夫致骝先（朱家骅）函 ·· 273

陈立夫致中国国民党中央秘书处函 ·· 274

陈立夫致守和（袁同礼）函（附袁同礼致胡适函） ···························· 275

袁同礼致适之（胡适）函 ·· 276

张廷灏 ·· 278

张廷灏致展堂（胡汉民）函 ·· 279

张廷灏致毛泽东函 ·· 281

张廷灏致毛泽东函 ·· 282

张廷灏致邵力子函 ·· 283

后　记 ··· 284

俞樾

俞樾（1821-1907），字荫甫，号曲园，德清人。道光进士。曾任河南学政，晚年讲学于杭州诂经精舍。学问渊博，著述颇丰。著有《群经平议》《诸子平议》《古书疑义举例》等。

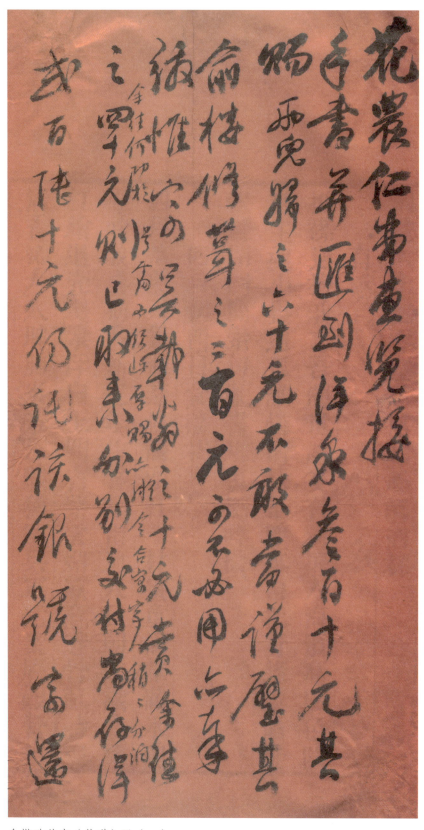

湖州近代人物珍贵手札

俞樾致花农（徐琪）函（一）

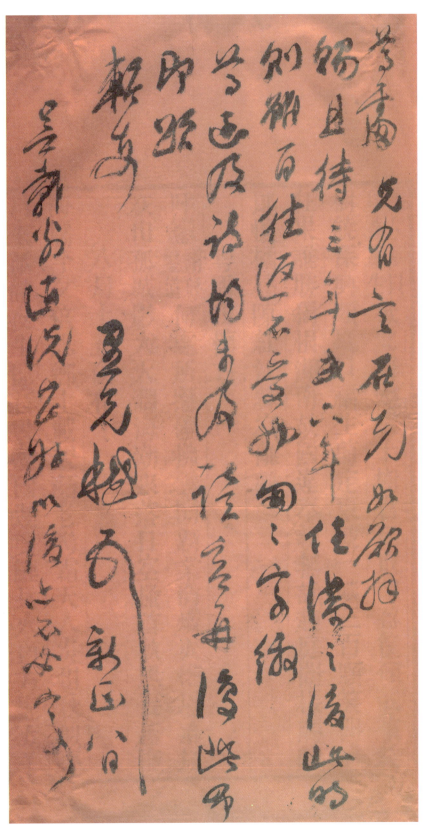

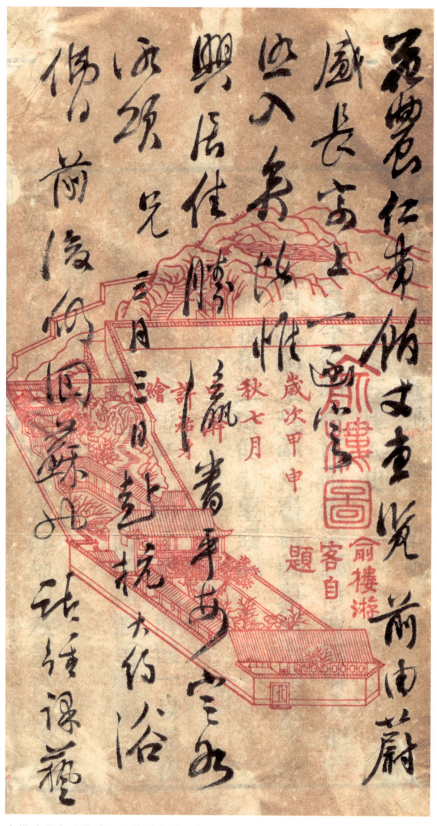

俞樾致花农（徐琪）函并再启（一）

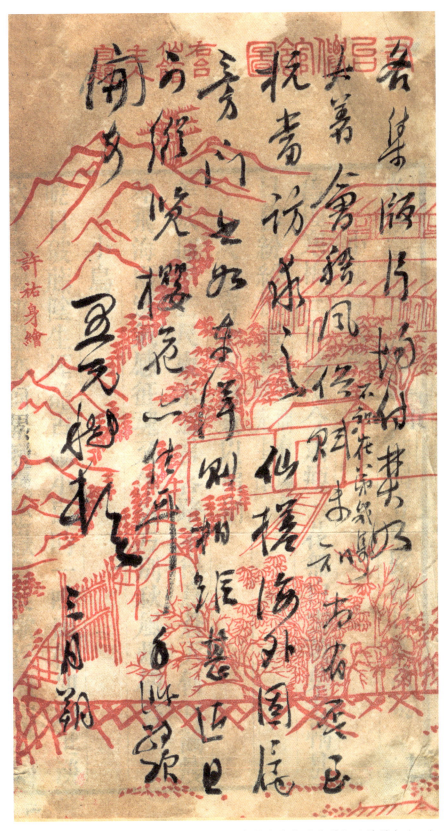

俞樾致花农（徐琪）函并再启（二）

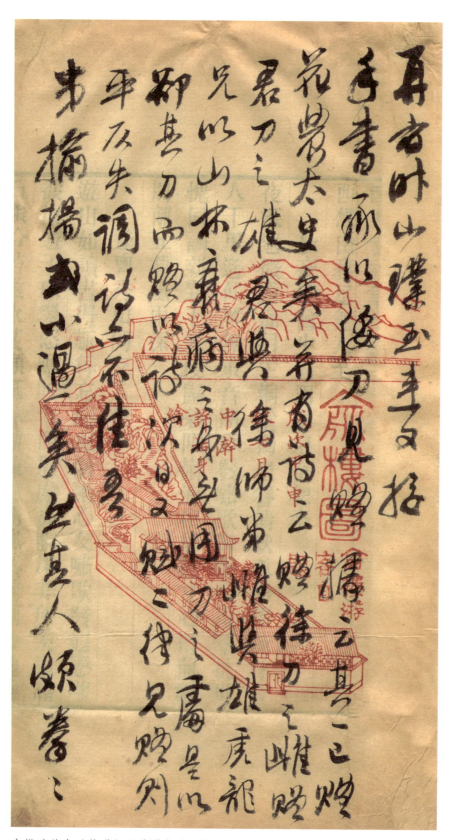

再启叶山琛玉丰有招
手书而以海刀见见
花农太史关示有话东云
君刀之雄与谓佛弟惟此
兄以山林兼府而次此日又
卿其刀而脱以团刀之
平反失调望不佳君佛兄脱剑
弟搞搞武山遇关生其人颂著之

俞樾致花农（徐琪）函并再启（三）

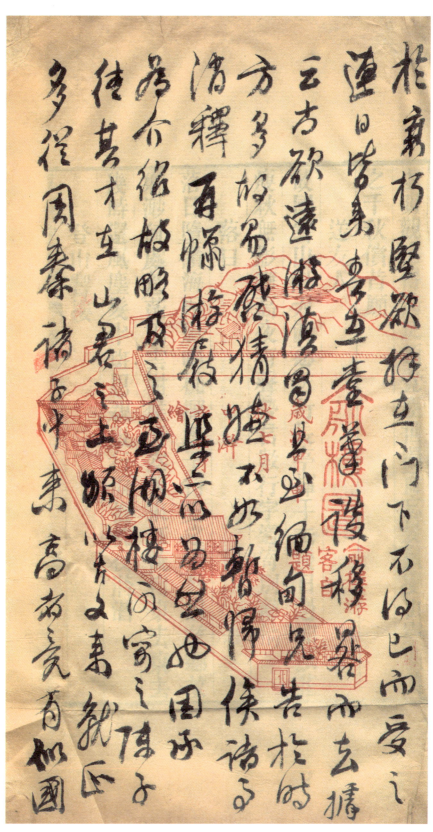

俞樾致花农（徐琪）函并再启（四）

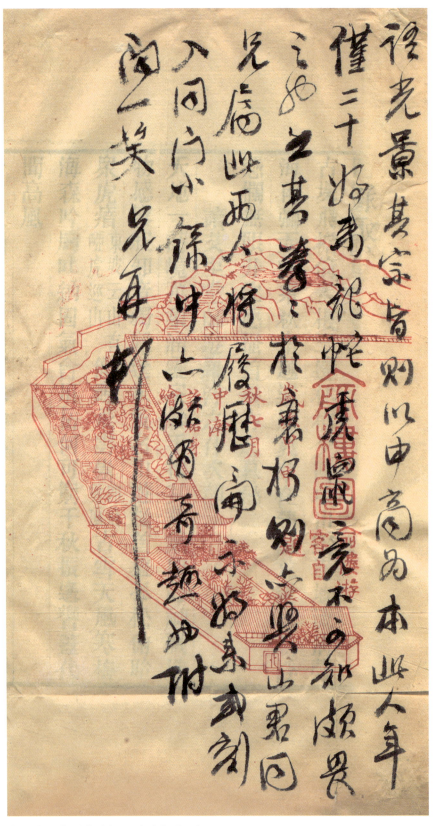

俞樾致花农（徐琪）函并再启（五）

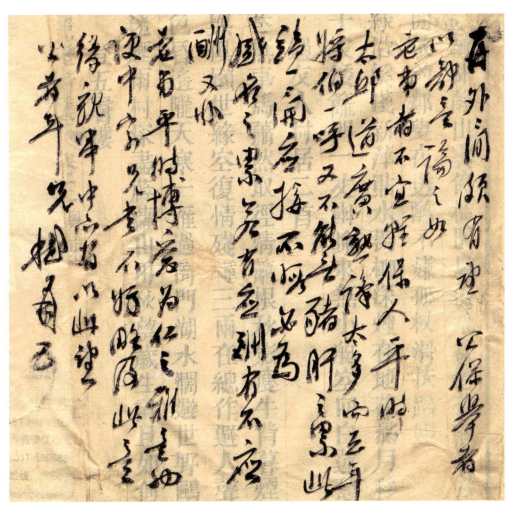

俞樾致花农（徐琪）函并再启（六）

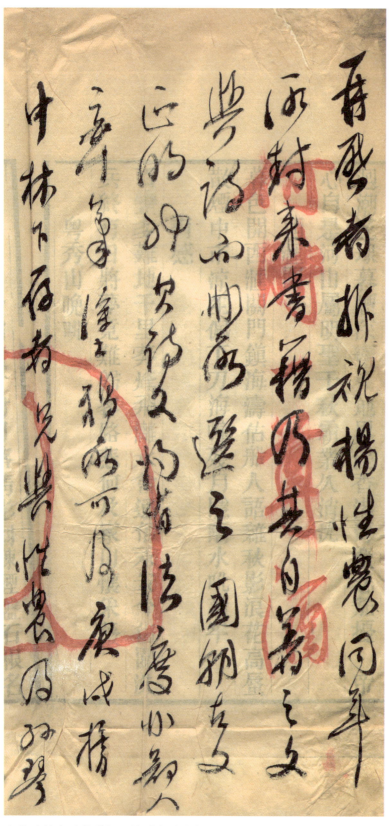

俞樾致花农（徐琪）函并再启（七）

俞樾致花农（徐琪）函并再启（八）

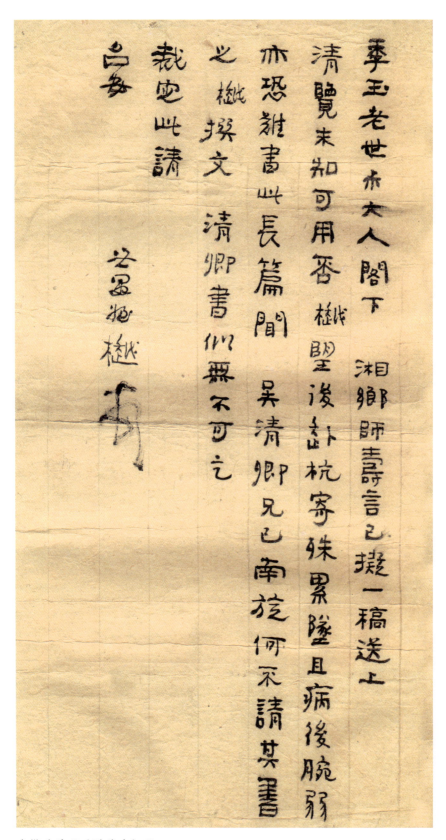

季玉老世亦大人閣下 湘鄉師壽言已擬一稿送上

清覽未知可用否 樾望後赴杭寄殊累墜且病後腕弱

亦恐難書此長篇聞吳清卿兄已南旋何不請其書

之樾撰文 清卿書似無不可允

裁定此請

台安 弟愚姪樾頓首

俞樾致季玉（潘曾玮）函

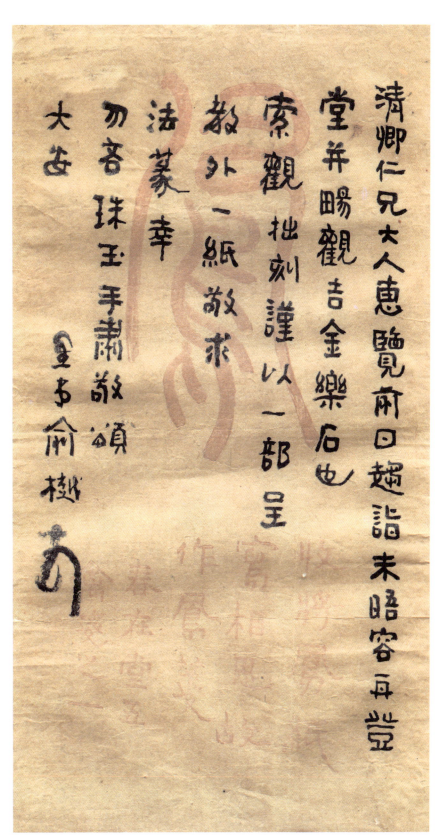

清卿仁兄大人惠臨前日趨詣未晤容再登

堂并賜觀吉金樂石也

索觀拙刻謹以一部呈

教外一紙敬求

法篆幸

勿吝珠玉手肅敬頌

大安　　　　　　弟俞樾

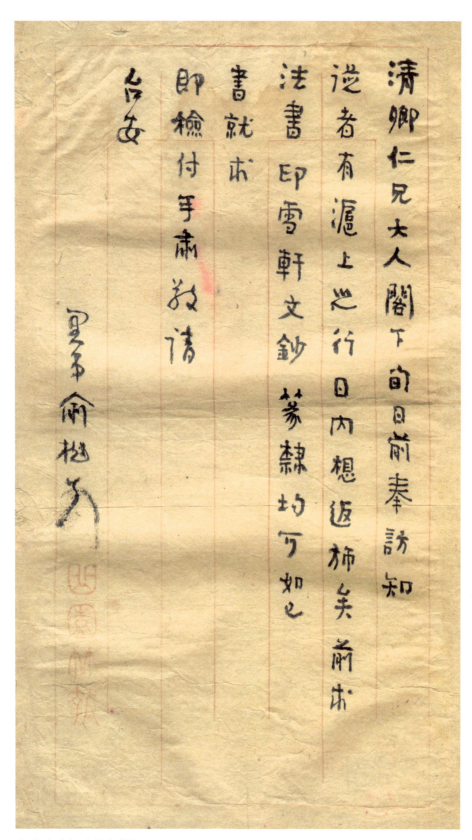

清卿仁兄大人閣下 向日前奉訪知

逆者有滬上此行日内想返神矣 前求

法書印雪軒文鈔 篆隸均可如已

書就求

即檢付羊肅 敬請

台安

　　　　　弟俞樾

俞樾致清卿（吴大澂）函

沈家本

沈家本（1840-1913），字子惇，别号寄簃，吴兴人。光绪进士。曾任修订法律大臣。专治法学，被誉为中国近现代法学的奠基人。著有《沈寄簃先生遗书》甲编二十二种、乙编十三种，《枕碧楼丛书》十二种。

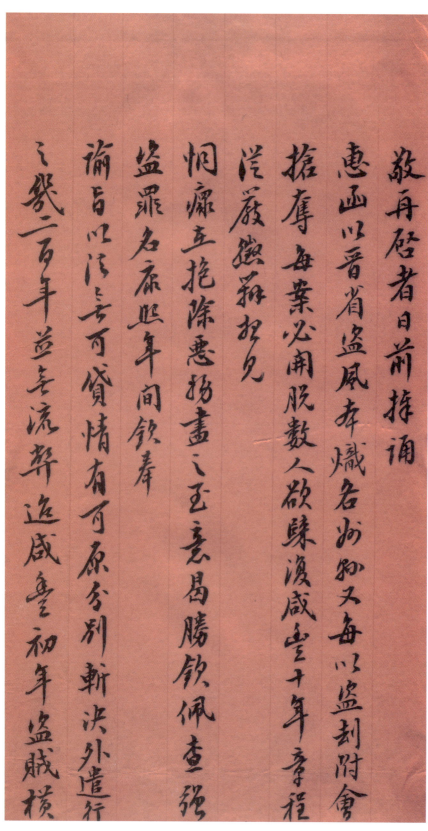

敬再启者日前捧诵

惠函以晋省盗风本炽名州劫夺每以盗刬附会

搪塞每案必用脱数人欲躲复咸丰十年章程

迄严缉莚捉见

恫瘝立抱除恶务尽之玉意曷胜钦佩查强

盗罪名康近年间钦奉

谕旨以情尚可贷情有可原分别斩决外遣行

之发二百年並至流弊迨咸丰初年盗贼横

沈家本致佚名函（一）

行遂政沍不分首從之本律迄今將五十年而

盜賊初未衰息特有愈殺愈多之勢孔子曰子

為政焉用殺君子曰民不畏死柰何以死懼之可

見清盜之源不在多殺至搶奪東律原與強盜

不同自強盜案併混入搶奪議論遂多紛紜

茅相沿已久畀限難遽區分同治年間將搶

奪之案分別十人以上三人以上空為新例而三人

以上凡立場劫子者皆止強盜罪新年應寬

貸盜賊已多為強盜案內有臨時不行之扒搶

搶案內有立場不動自之扒均擬嚴辦之中

家衰弱之意蓋係以示懲而已矣必革靡

而禽獺之理於古帝王鎖恤之旨未能吻合三十

餘年來此例中外遵行漏綱之實固所不免而

大段為鎮密磽但能隨案懲失緝宪所之

以除暴而要良押鄰兄更有進士自旹失民散

教養如瑞久已多人切宪庇荂擔劫之徒豈宪

生而為匪亦駕於逃惰去此民迫於饑寒亦

不半今不求其本而但治其標亦怪乎法愈

嚴而犯者特益多之泰西各國刑律盜不殺

人俱無寃惜其中律大相懸殊而盜案甚少

不聞因法寬而滋弊所故何哉此罪之漸長

皆起至於盜之開脫兵役亦有三端一由於本官

之聽斷不精一由於幕友之學業太淺救生不

救死向以為仁意之遷就之姑息之任夕規避之

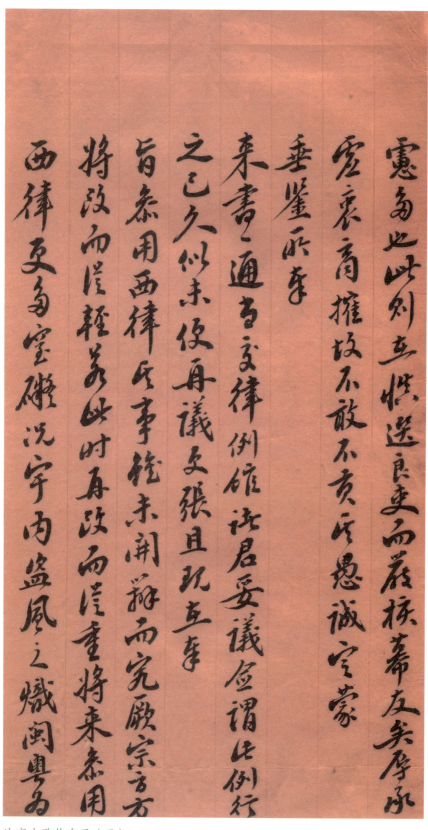

宪台此此别立候选良吏而严核幕友实厚承

云裏商榷故不敢不责所愚诚空蒙

垂鉴所幸

来书通言交律例确许君委议盖谓比例行

之己久似来俟再议文张且现立至

旨条用西律氏事輪未开辦而完顾宗方

将改而滋轻若此时再改而滋重将来亲用

西律又每室礙况宇内盗風之熾閩粤為

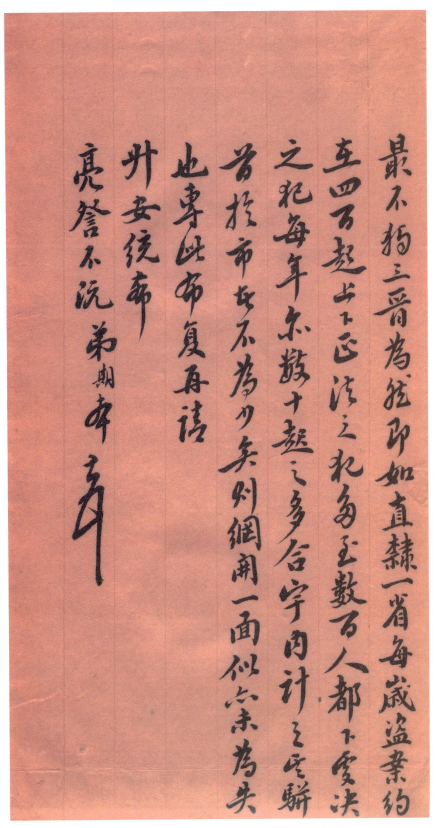

最不拘三晋為然即如直隸一省每歲盜案約
至四五起止上正法之犯每歲數百人都下雲决
之犯每年亦數十起之多合宇內計之屢騈
晉摭而亦不為少矣別綱用一面似尚未為失
此事即布復再請
丹安統希
亮詧不泒　弟期本　頓首

钱恂

钱恂（1854-1927），字念劬，吴兴人。外交家。历官出使荷兰、意大利大臣。著有《天一阁见存书目》《二二五五疏》《壬子文澜阁所存书目》等。

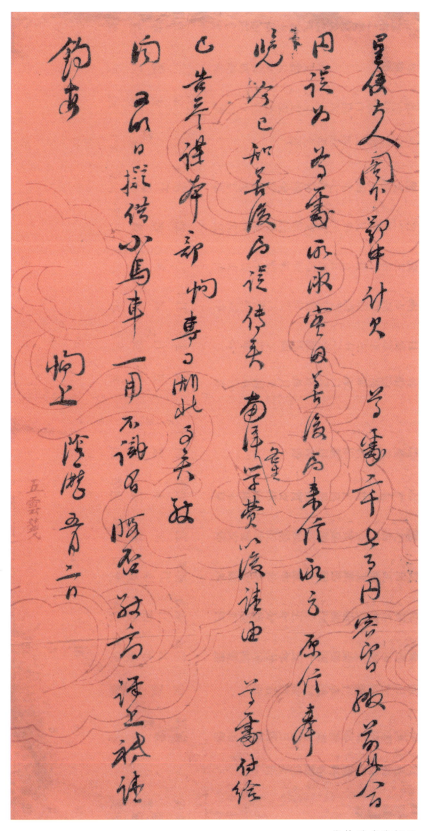

刘锦藻

刘锦藻（1862-1934），原名安江，字澄如，吴兴南浔镇人。"四象"之首刘家代表人物。光绪进士。创办浙江铁路公司，入股浙江兴业银行。著有《清朝续文献通考》。

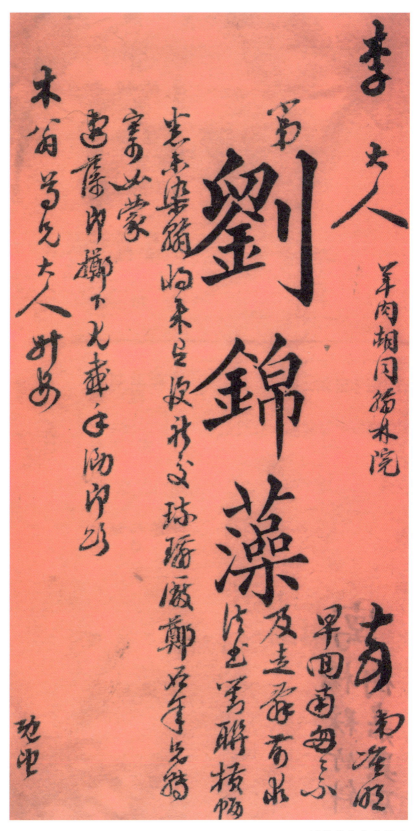

刘锦藻致李盛铎函

胡惟德

胡惟德（1863－1933），字馨吾，吴兴人。毕业于上海广方言馆。外交家。晚清、北洋政府时多次任驻外公使，并曾任顾维钧内阁内务总长。

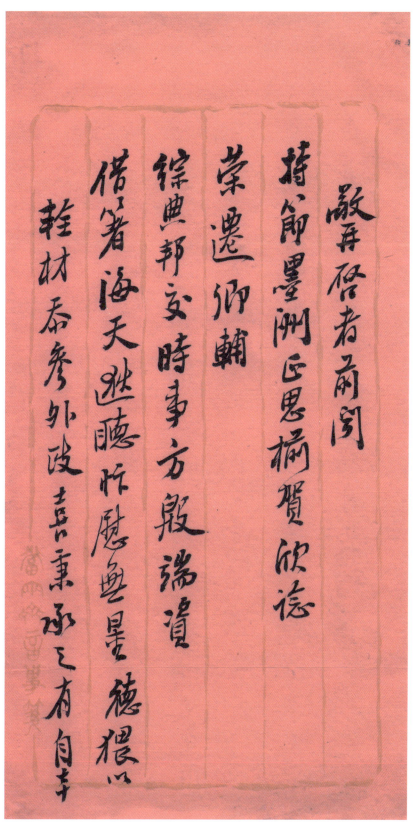

敬啓者前閱

特簡臺洲匹思槐賀欣遠

榮遷卿輔

綜典邦交時事方殷端賴

借箸海天遥聽忭慰無量德猥以

菲材忝參外政喜棐承乏有自幸

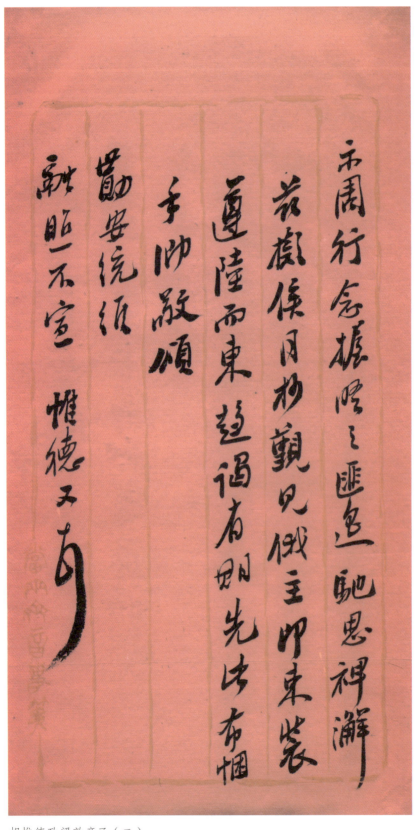

承周行念振唱之匪遑馳思裨瀚
范樹侯日物覲見俄主卯束裝
遄陸而東趨謁有期先此布悃
手帅敬頌
勷安浣須
鈞照不宣　惟德又肅

沈金鉴

沈金鉴（1866-1924），字叔詹，吴兴菱湖人。光绪武举。晚清时历官北洋巡警学堂总办、安徽提法使。辛亥革命后曾官至浙江省省长。

小舫三兄大人阁下：清和中旬晋
谒，雷雨未知
已遽
鉴及否？顷拔冒下旬
手函欣悉
丹诏骈蕃
潭庵均吉，为贺！刻下恳否仍罗高举
柳易浮署把光累尝赋支持否，惠我愚衷

沈金鉴致小舫（杜文澜）函（一）

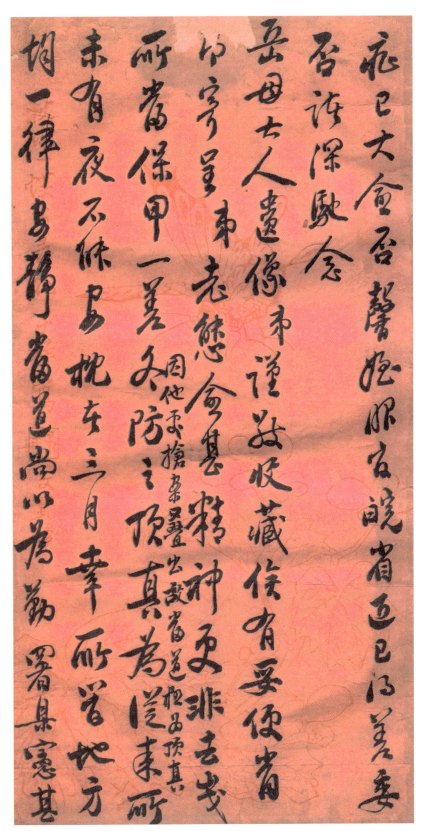

来已大会吾馨即邺古皖省道已将要
吾诸深骇念
岳母古人远像来谨致收藏侯有要便省
印寄呈再老态会甚精神更非去岁
所省保甲一差及防之顶真为恐来所
来省夜不保夕枕戈三月幸所当地方
胡一律专稿省当道尚以为勤署县宪甚

因他承抢柔矗出致省道地由顶真所

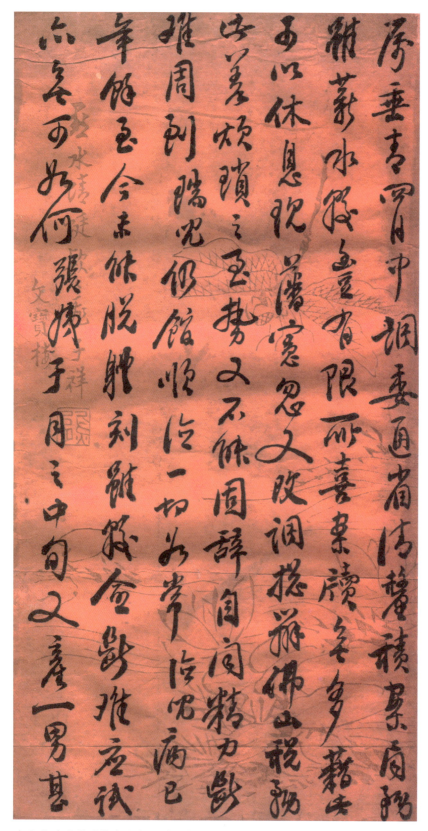

沈金鉴致小舫（杜文澜）函（三）

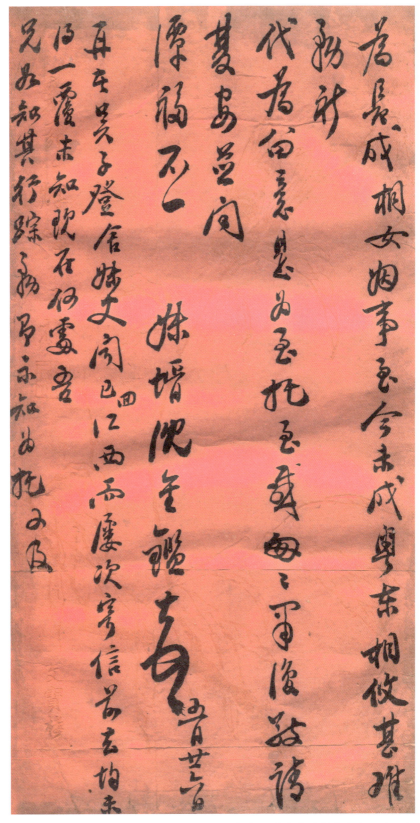

沈联芳

沈联芳（1870-1947），名镛，吴兴人。实业家。开办恒丰缫丝厂，并投资房地产，辛亥革命后曾任上海总商会副会长。抗战时期拒任伪职。

沈联芳致孙中山函（一）

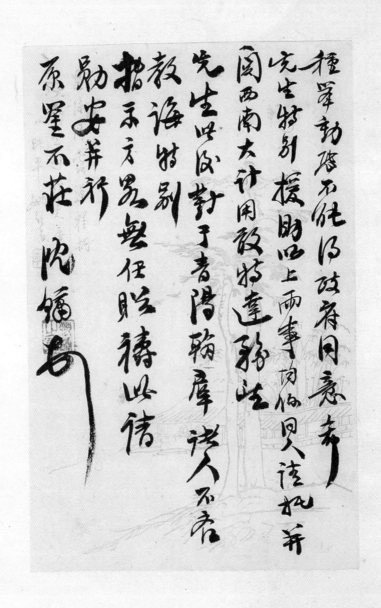

種種勃豀不能叩政府同意赤
先生特別援助以上两事内倘貝諸批并
閩西南大計用設特達羽坛
先生以及對于吾湾翰犀诸人不唐
教诲特别
招承之昆無任盼祷此侯
勛安并祈
原望不莊 沈媾豸

沈联芳致孙中山函（二）

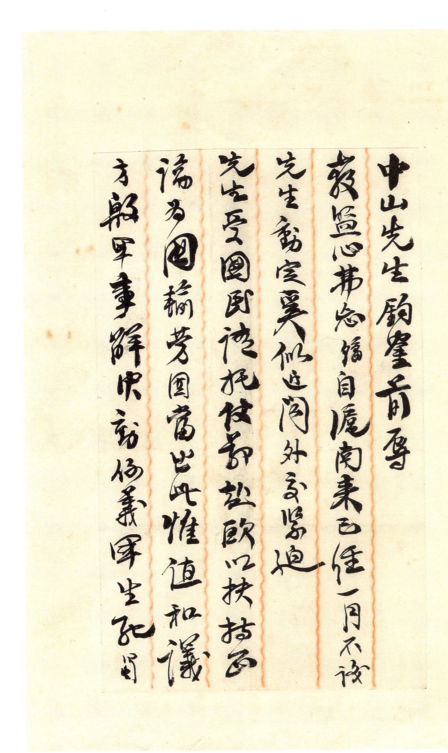

沈联芳致孙中山函（一）

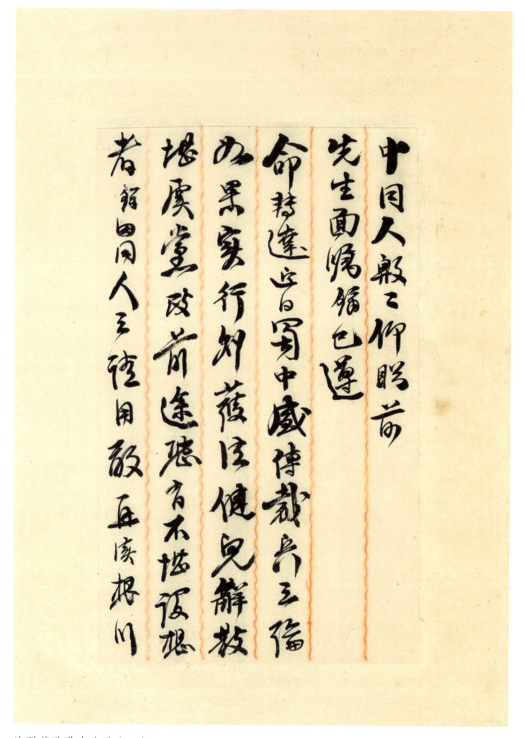

沈联芳致孙中山函（二）

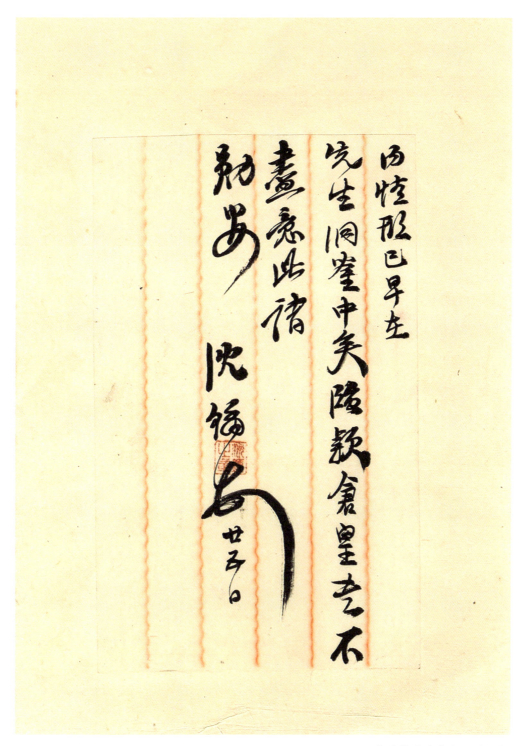

沈联芳致孙中山函（三）

张静江

张静江（1877-1950），又名人杰，吴兴南浔镇人。国民党四大元老之一，资助孙中山革命。历任国民党中央执行委员会代理主席、浙江省政府主席等职。

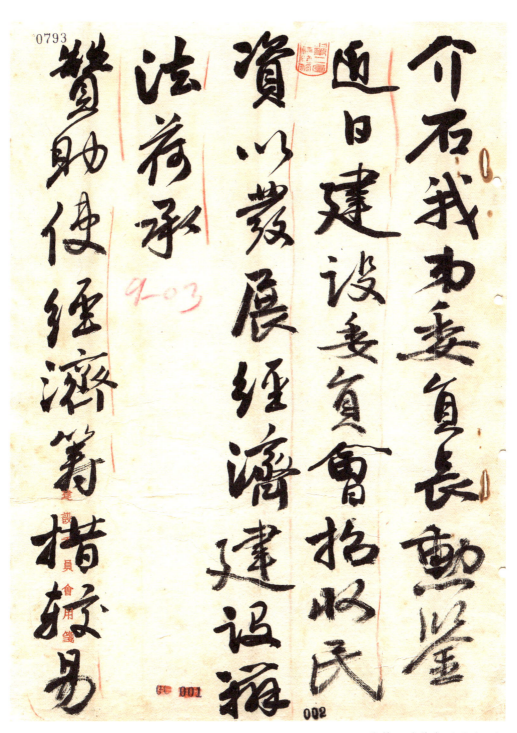

介石我市委负长勋鉴

迩日建设委负会招收民

资以发展经济建设办

法荷承

赞助使经济筹措较易

张静江致蒋介石函（一）

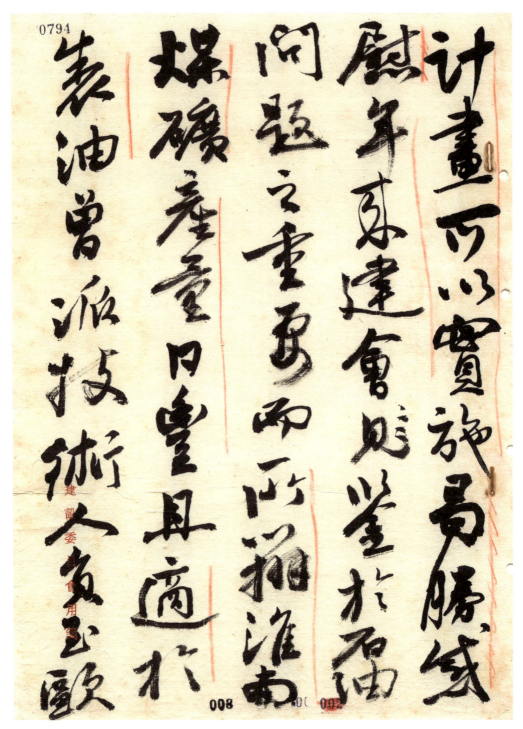

张静江致蒋介石函（二）

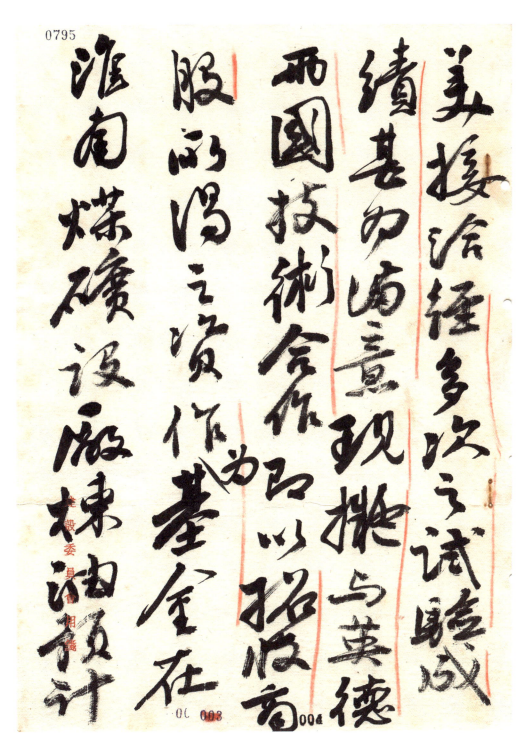

美援洽经多次之试验成
绩甚为满意现拟与英德
两国技术合作品以招股商
股所缺之项作为基金在
淮南煤礦设厂炼油预计

张静江致蒋介石函（三）

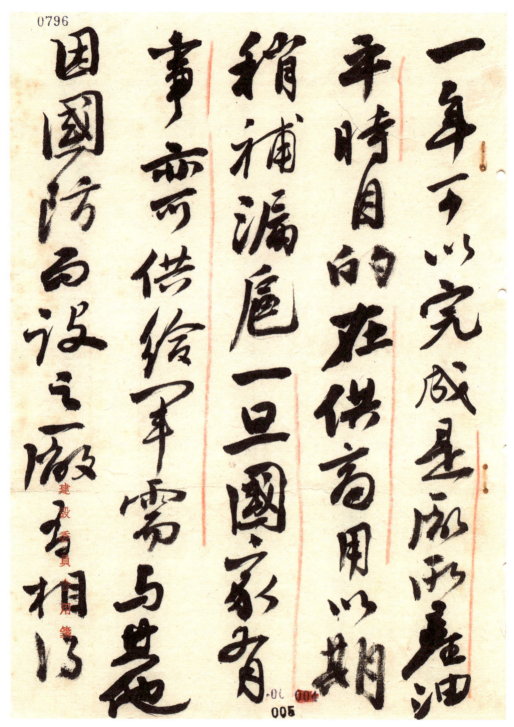

张静江致蒋介石函（四）

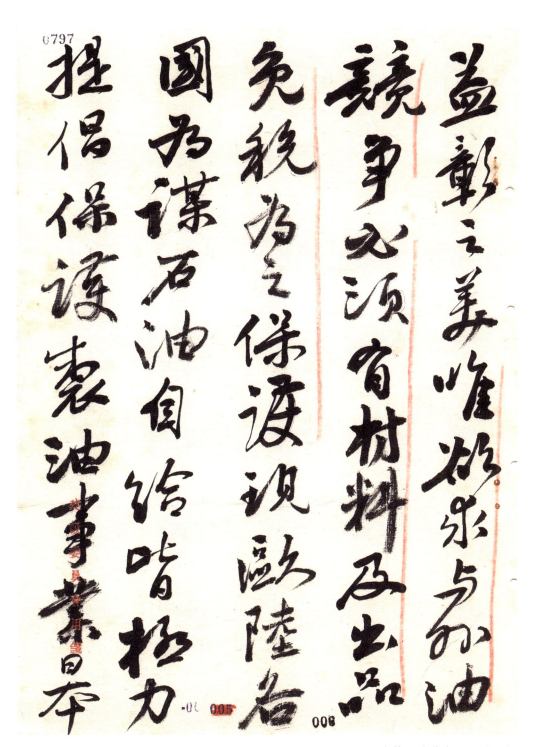

益彰之美惟煤汞与矿油

競爭必須有材料及出品

免稅为之保護現歐陸各

國而謀石油自給皆极力

挺倡保護袁油事業甚日本

张静江致蒋介石函（五）

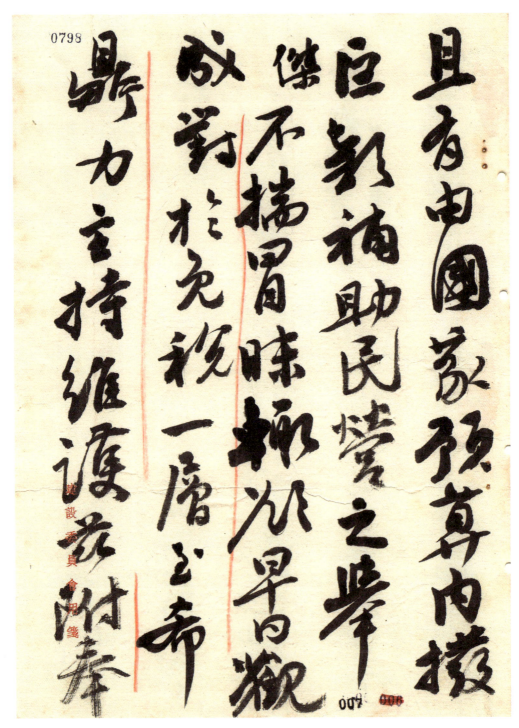

0798

且有中国家预算内拨
臣敦拊助民营之举
杰不搅眉味柳况早昌獭
敬对於充税一层云希
鼎力主持维护弟附奉

张静江致蒋介石函（六）

46

0799

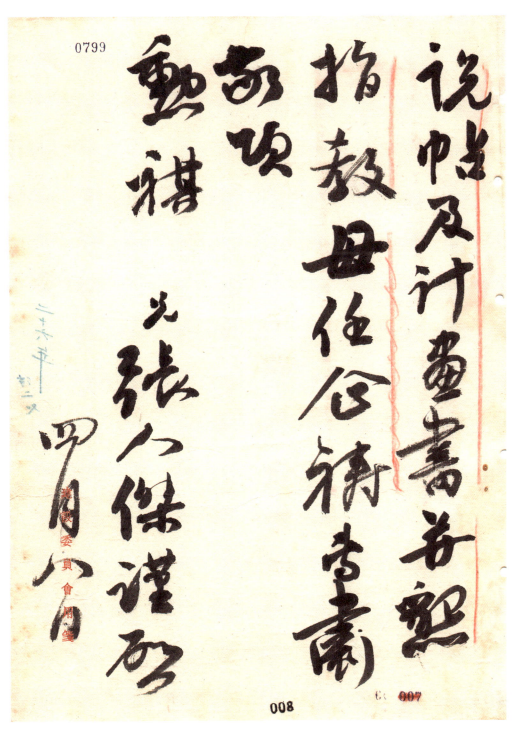

说帖及计画书均经
指教母任企祷专肃
勋祺
即颂
张人杰谨启
四月
二十六年

008　　007

张静江致蒋介石函（七）

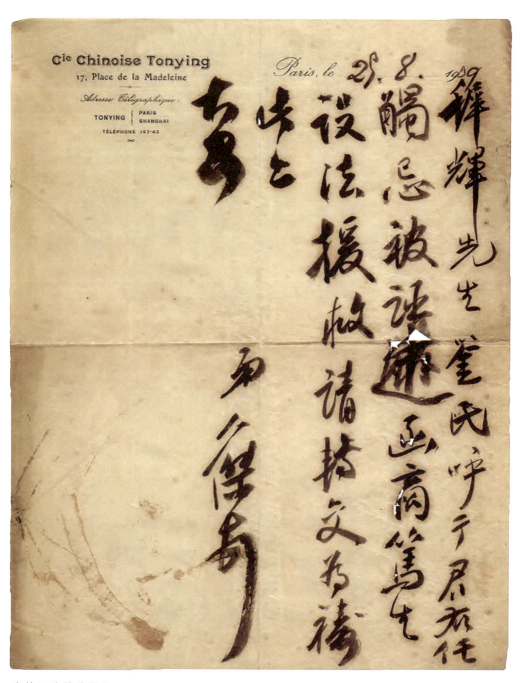

张静江致吴稚晖函

中山先生大鑒 迭讀
先生對於時局之宣言欽仰
高風曷勝服膺惟是袁逆自斃以
後迄今旬餘逆黨非法舉動行之自
若盤踞要津猶之如昔是袁逆雖已斃
而助袁為逆者仍叛逆民國如故也夫
以叛逆民國之人而使之執民國之政已
為不可況任其滋蔓而不知所以圖之

张静江致孙中山函（一）

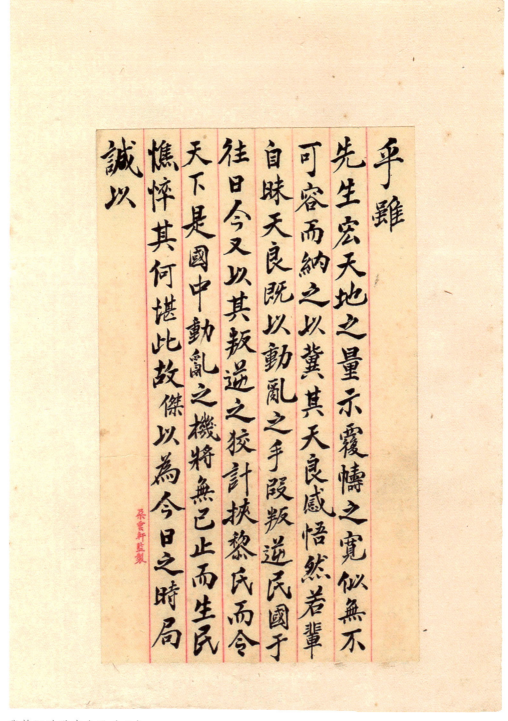

誠以
憔悴其何堪此故傑以為今日之時局
天下是國中動亂之機將無已止而生民
往日今又以其叛逆之狡計挾黎氏而令
自昧天良既以動亂之手毀叛逆民國于
可容而納之以冀其天良感悟然若輩
先生宏天地之量示霶憀之寬似無不
平雖

张静江致孙中山函（二）

先生宣言以為標的而違法叛逆之人
必不可不加以明懲也往昔英士嘗與傑
論列此次草命之事斷不可以苟就和
平以貽後日之患傑為然之蓋違法叛逆
之人若不加以顯戮或屏逐此輩動亂
之手殷必直接或間接仍施于國中是
國中必無治平之可言豈不貽患于無
窮乎辛亥苟就和平釀成近今禍亂

而漁父英士皆以此遇害殉國言之傷心
若今日而猶故示寬大不知所以裁之竊
未見其可也傑以
先生與英士志同道合情逾骨肉而傑與
英士有知己之雅英士雖死其未盡之
責皆吾後生之責願敢冒昧陳詞伏望
先生有以教之咐奉英士最近遺函一通
祈

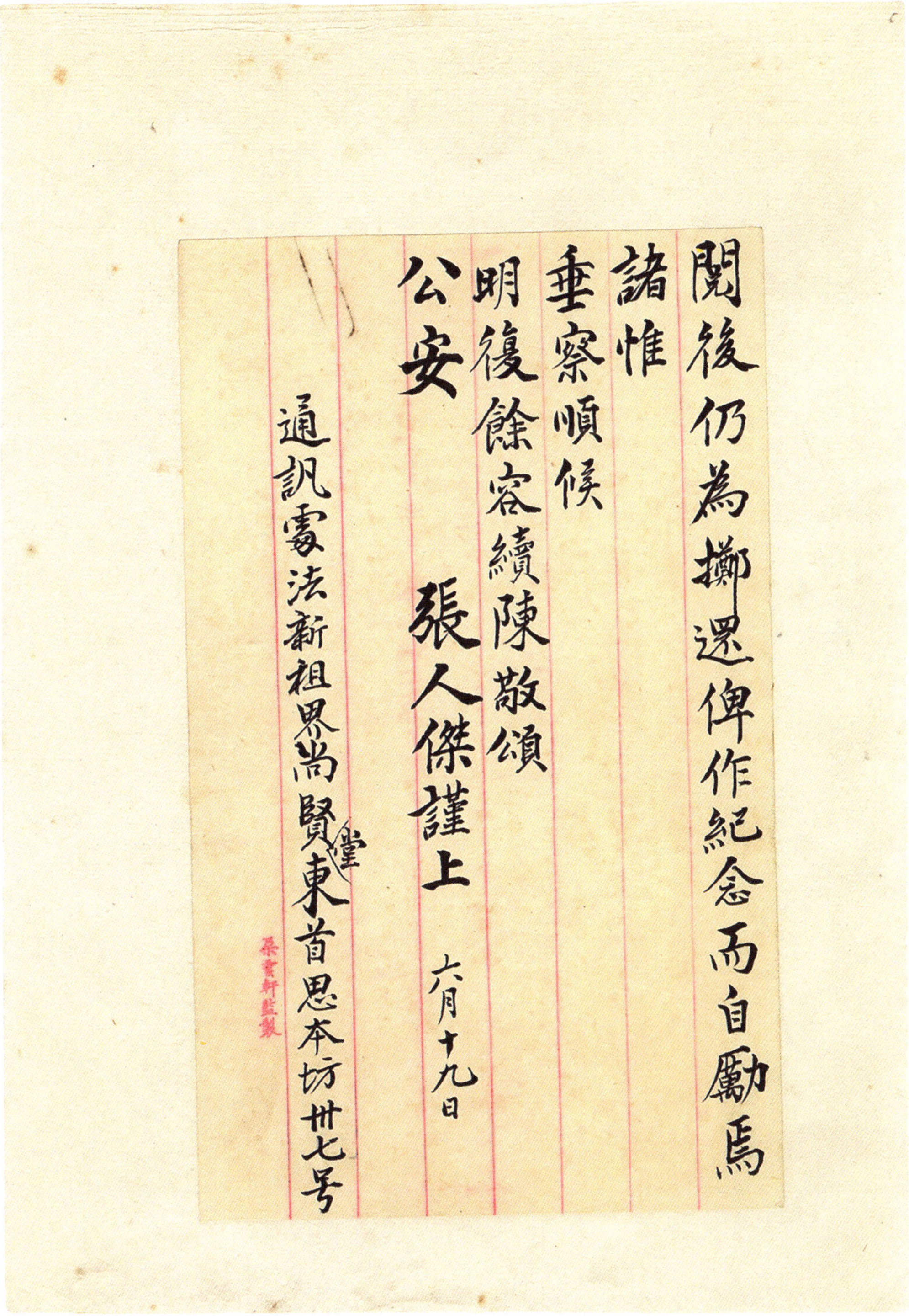

閱後仍為擲還俾作紀念而自勵焉
諸惟
垂察順候
明復餘容續陳敬頌
公安
張人傑謹上
六月十九日
通訊處法新租界尚賢堂東首思本坊卅七号
朵雲軒監製

张静江致孙中山函（五）

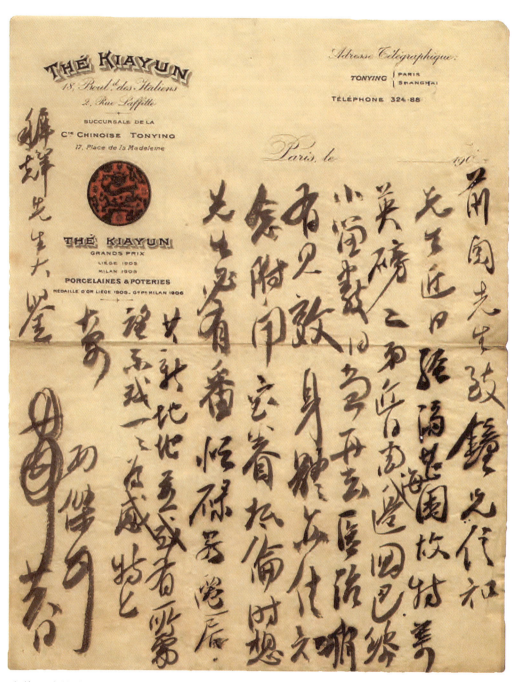

张静江致吴稚晖函

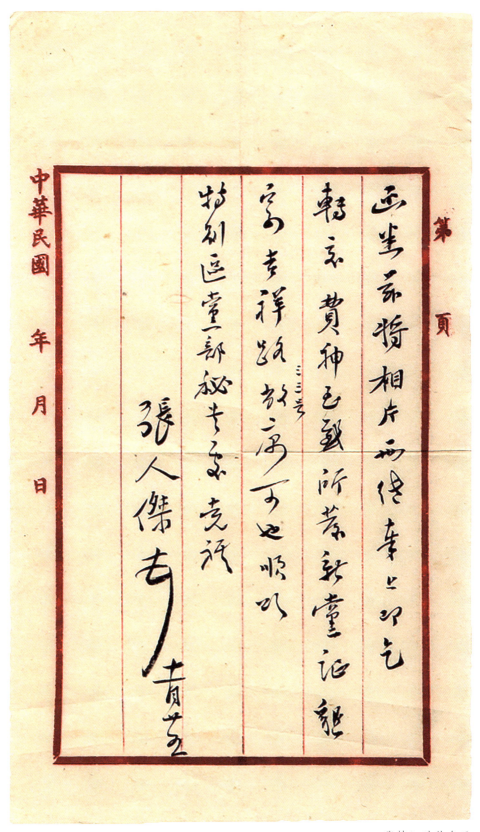

张静江致佚名函

陈其美

陈其美（1878—1916），字英士，吴兴人。陈其采兄。留学日本，并参加同盟会。辛亥革命时出任沪军都督。"二次革命"失败后，协助孙中山组织中华革命党，并担任总务部长。

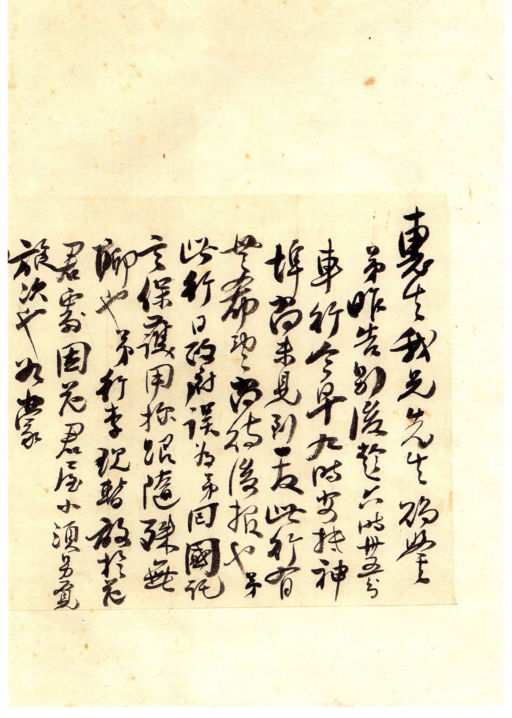

陈其美致陈惠生函（一）

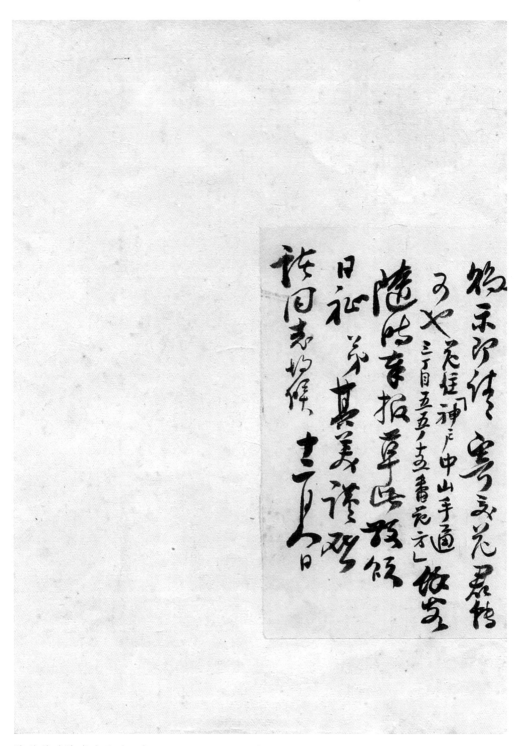

陈其美致陈惠生函（二）

章宗祥

章宗祥（1879-1962），字仲和，吴兴荻港人。毕业于东京帝国大学。辛亥革命后历官北洋政府司法总长、农商总长、驻日公使。五四运动时被北洋政府免职。

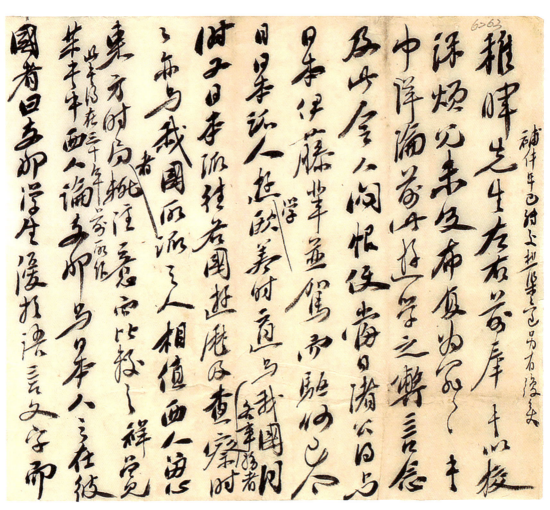

章宗祥致吴稚晖函（一）

章宗祥致吴稚晖函（二）

章宗祥致吴稚晖函（三）

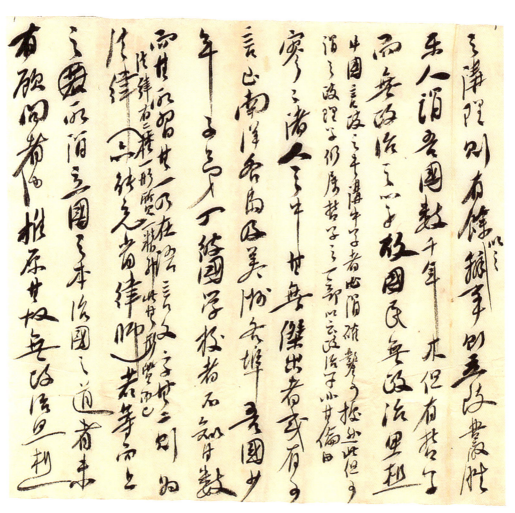

章宗祥致吴稚晖函（四）

章宗祥致吴稚晖函（五）

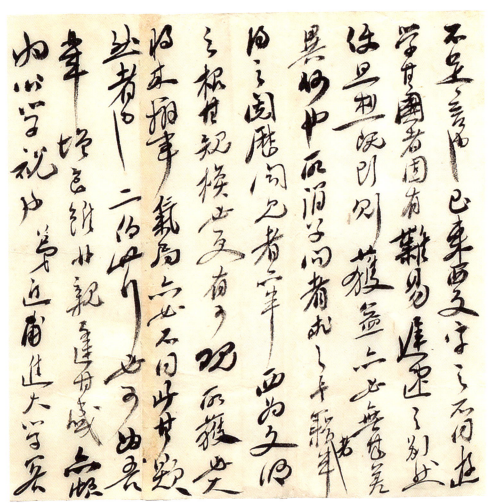

章宗祥致吴稚晖函（六）

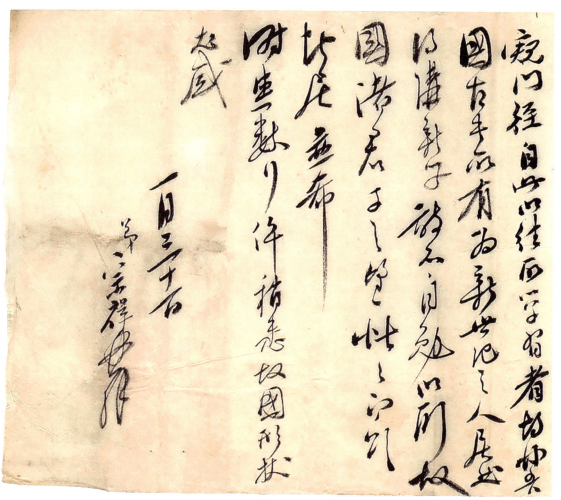

章宗祥致吴稚晖函（七）

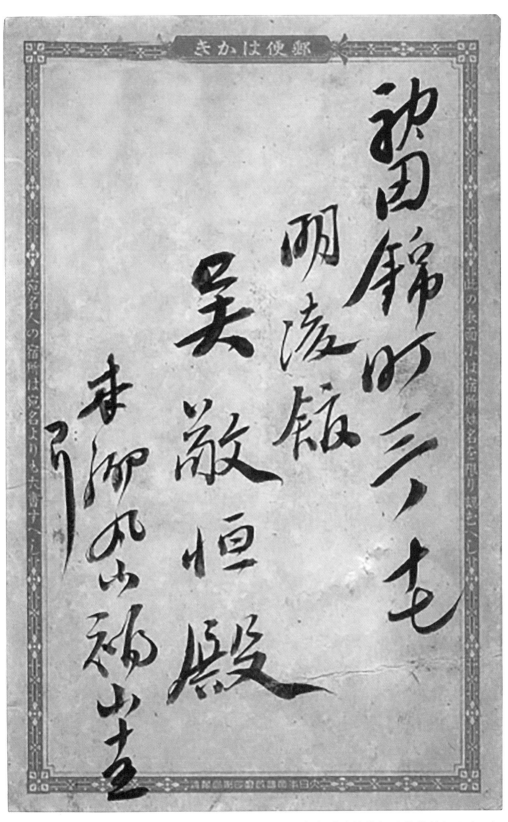

章宗祥致吴敬恒（吴稚晖）函（二）

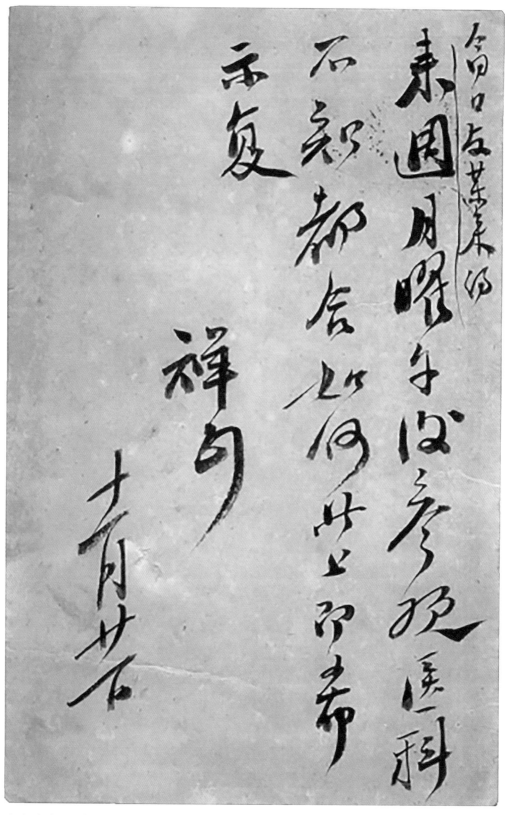

章宗祥致吴敬恒（吴稚晖）函（二）

沈士远

沈士远（1880-1950），祖籍吴兴竹墩。曾任北京大学教授，后官至国民政府考试院考选委员会副委员长。中华人民共和国成立后，任故宫博物院文献馆主任。与弟沈尹默、沈兼士并称"北大三沈"。

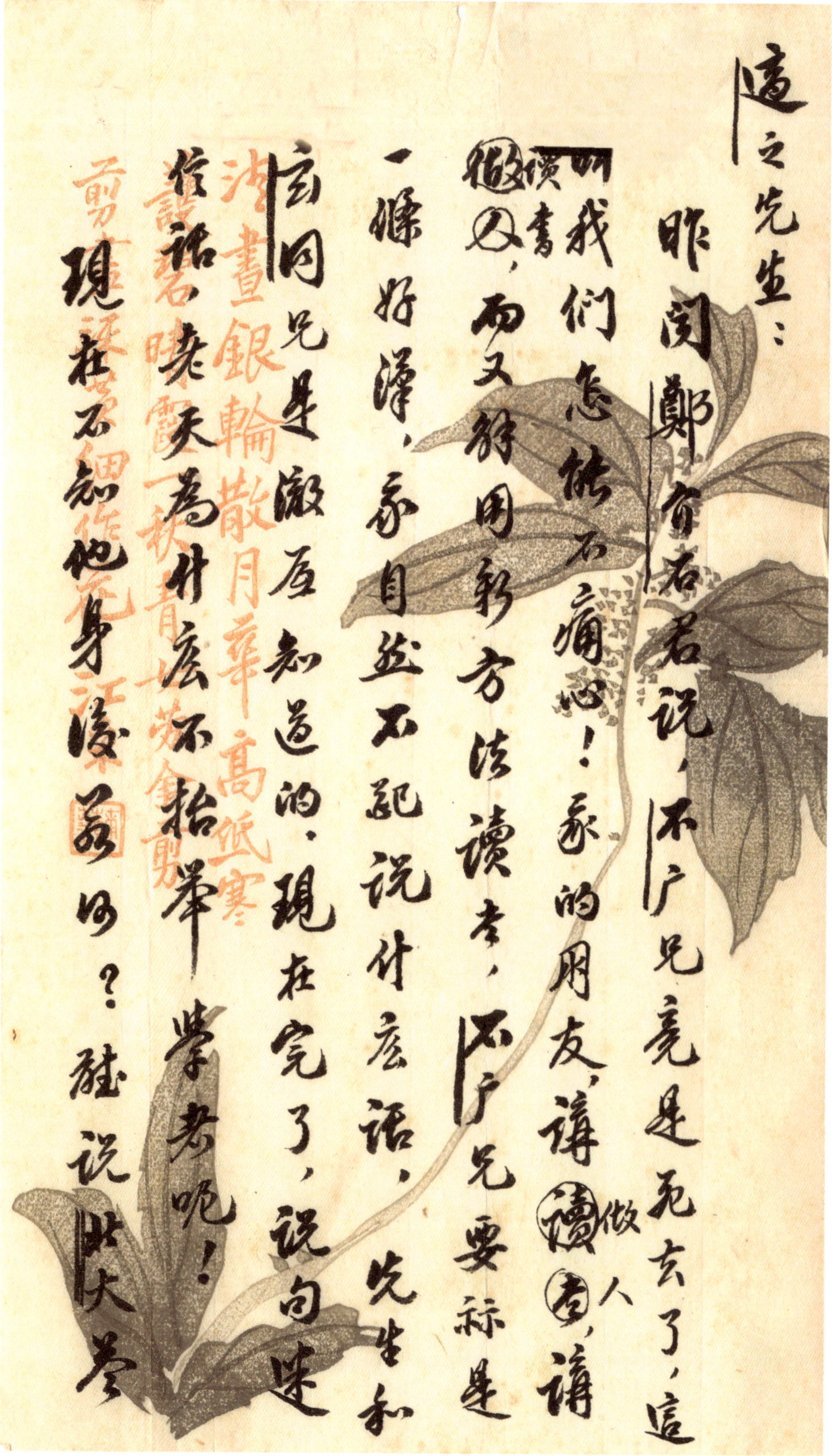

適之先生：

昨聞鄭介石君說，不广兄竟是死去了，這叫我們怎能不痛心！家的朋友，講讀書，講做人，而又能用新方法讀書者，不广兄要算是一條好漢，家自然不配說什麼話，先生和玄同兄是徹底知道的。現在完了，說句迷信話，老天為什麼不抬舉學者呢！現在不知他身後蕭如何？雖說北大管

沈士远致适之（胡适）函（一）

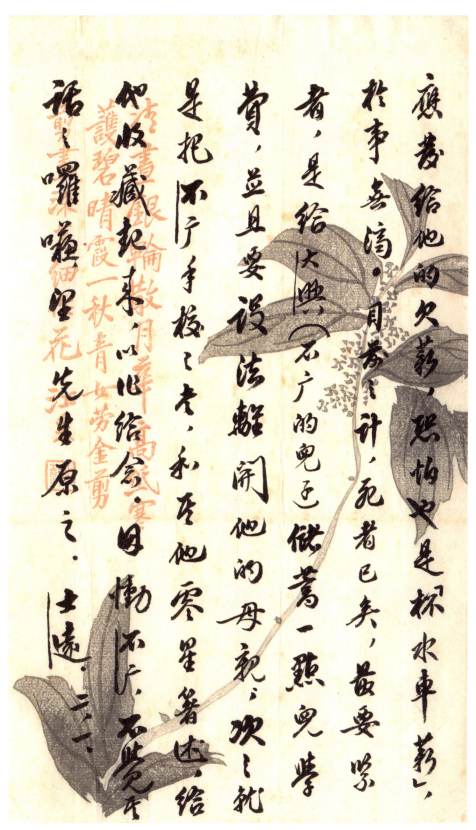

應該給他的火薪，恐怕也是「杯水車薪」，於事無濟，目下之計，死者已矣，最要緊者，是給大典（石广的兒子）做蒙一點兒學費，並且要設法替開他的母親；次之就是把不了手稿之类，和丢他零星箸述，給代收藏起来数月以便給高氏，實日懃不及石光觉先生護碧晴霞一秋青女劳金剪话罗里元先生原之。

士远，三二、

沈士远致适之（胡适）函（二）

适之先生：

我把親戚家的喪事料理粗就，再過幾天，打算回京去了。動身之前，想再來看先生，在這兩三天之內，那天最適宜，務預先通知我，以便一早到山，暢談半日。

聞你做「我书目答問」的体裁，和應分門類，以及先生面對於這種事業的意见，務於便中寫給我。

昨遇張君課君說起他们两將的暑期学校内有「國故概要」一科，因为請不到講師，

沈士远致适之（胡适）函（一）

学生属有责守，抑荷先生担任，育之指
我。我说："胡先生若肯担任，是再好没有的
了，不过他在养病期间，天气又热，来去很难
到。你们最好不拘时间，请胡先生特
别讲演几次，我或也可以专诚。"他们答
应了，所以家不揣冒，来向先生勃驾。
我想：现在浙江的学界，的确是"陋"极了。
先生若能抽休养好暇，把中国学术原
流，整理国故，诵读古人的方法，大略说
给他们，叫他们闭开眼，知道是怎麽一回事，
实在也是要紧的。（这回他们可辨的暑期学校，

沈士远致适之（胡适）函（二）

好多姑且不问，但是从锐力羽毕校之长及箱

事人，来的很多，传播思想，也是一简㮚念

不是家萃维你，况在环列国内，致「国故」的

固珍不比是你，而在我的心目中，却以为起

致的褈有你，承简人晓受了你的影响，

田的意我那多数贵同乡，也受你一些

好影响，这是由中之下，並州锦词耐

驾，惟先生鉴之。

如豪俯之，褚先函示，再由是校青尽人来

画稿。再张君禄是我田做小学中学教员时教

过的学生，他问到我，情不可却，所以私

替如说句话。

士远 首荃白

沈士远致适之（胡适）函（三）

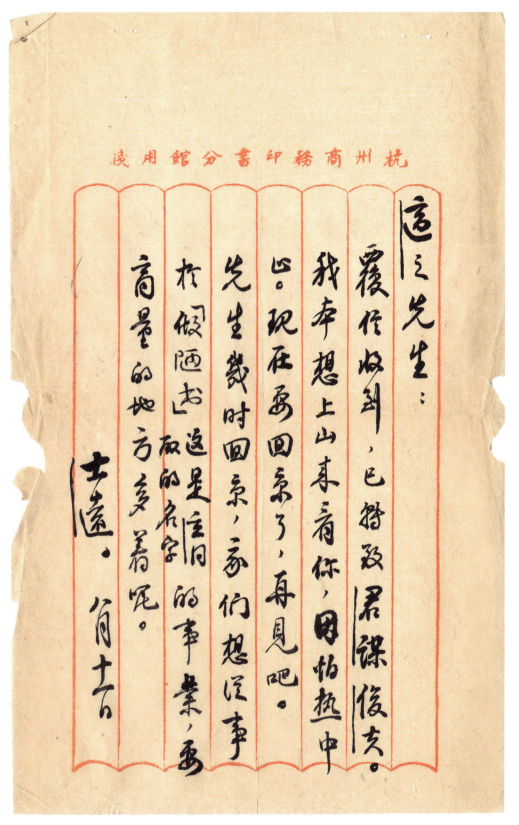

适之先生：

覆信收到，已将致君课俊交。

我本想上山来看你，因怕热中止。现在要回家了，再见吧。

先生几时回京，家们想这事——

校「假陋书」这是主白的事业，要

商量的地方多着呢。

士远。十六日

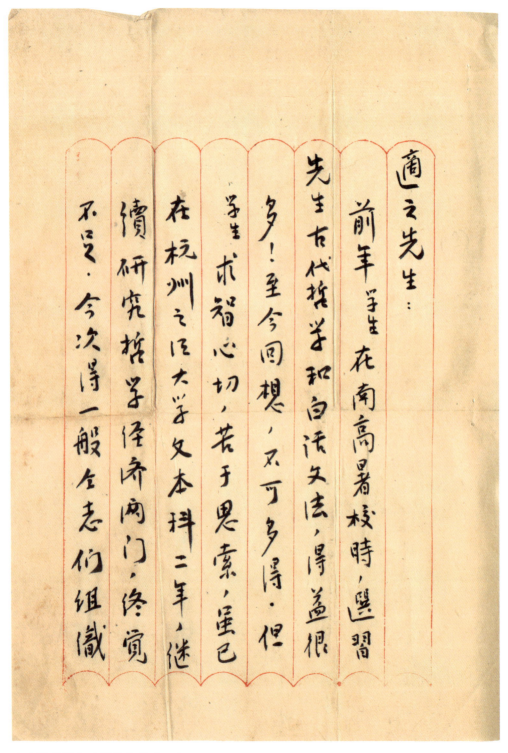

适之先生：

前年学生在南高暑校時，還習

先生古代哲学和白话文法，得益很

多！至今回想，不可多得。但

学生求智心切，苦于思索，蛋已

在杭州之江大学文本科三年，继

續研究哲学徑齐两门，终觉

不足。今次得一般全志们组織

沈士远致适之（胡适）函（一）

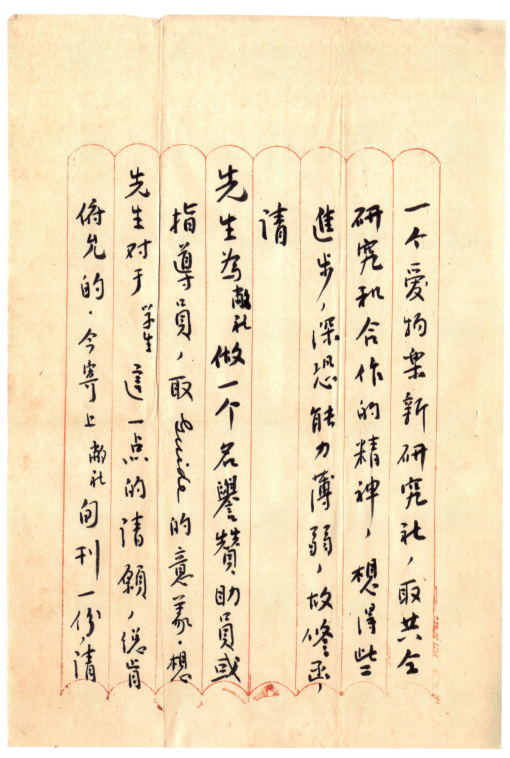

一个爱物要新研究社，取其全
研究和合作的精神，想得些
进步，深恐能力薄弱，故修函

请
先生为敝社做一个名誉赞助员或
指导员，取 guide 的意義，想
先生对于学生这一点的请願，總肯
俯允的，今寄上敝社句刊一份，请

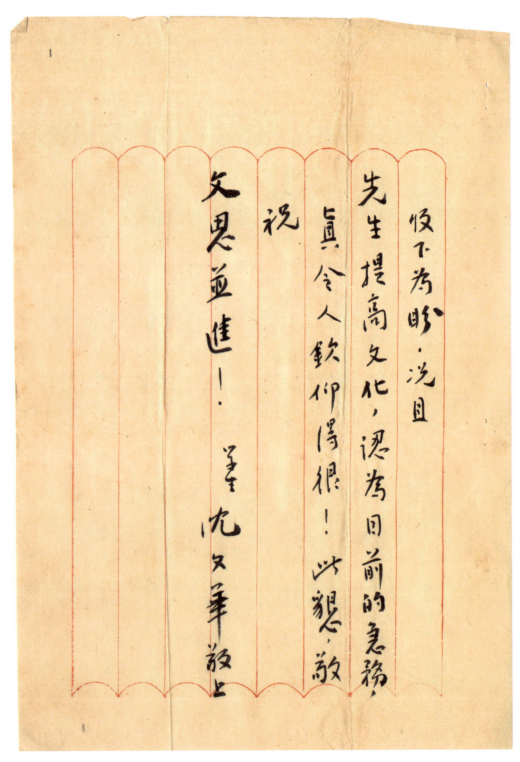

先生提高文化，认为目前的急务，

真令人钦仰得很！此恳，敬

阁下为盼。沈目

祝

文思並進！

　　　　專 沈士華敬上

沈士远致适之（胡适）函（三）

陈其采

　　陈其采（1880-1954），字霭士，吴兴人。陈其美弟。毕业于日本士官学校。曾任国民政府主计处主计长十六年之久，期间兼任中央银行常务理事、中国银行董事长、交通银行常务董事等职。

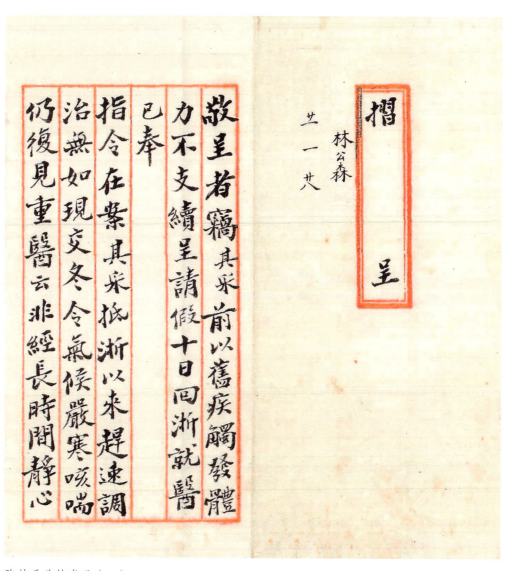

敬呈者竊其采前以舊疾觸發體
力不支續呈請假十日回浙就醫
已奉
指令在案其采抵浙以來趕速調
治無如現交冬令氣候嚴寒咳喘
仍復見重醫云非經長時間靜心

摺呈

林公森
廿一廿

陈其采致林森函（一）

休養難期痊復現在假期屆滿
宿疾未愈其采難京旬日職務虛
懸殊深悚歉用再據實陳情仰祈
鈞座准予辭職迅簡賢能繼任以
重職守至本處所屬歲計局長原由
其采兼任應請一併准辭所遺之缺

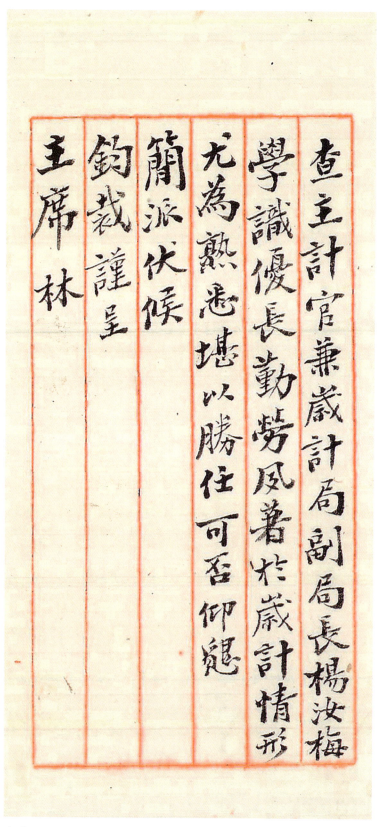

查主計官兼歲計局副局長楊汝梅
學識優長勤勞夙著於歲計情形
尤為熟悉堪以勝任可否仰懇
簡派伏候
鈞裁謹呈

主席林

陈其采致林森函（三）

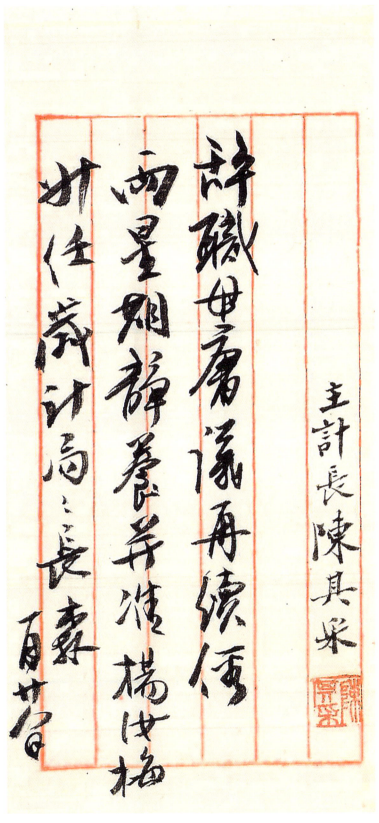

许职毋庸议再续任

两星期静养并请杨世楷

廿任岁计局之长康

主计长陈其采

徐森玉

徐森玉（1881-1971），名鸿宝，吴兴菱湖人。
文物鉴定家、版本目录学家。曾任北京大学图书馆馆长、
故宫博物院古物馆馆长等职。中华人民共和国成立后，
任上海博物馆馆长、中央文史馆副馆长等职。

夫子大人賜鑒敬稟者數日違

教馳仰無似楊惺老舊藏左傳殘卷近有人

作緣售與抱存隱係日本人樞窩茲將影印

本奉上乞

審定又抱存新獲余氏萬卷堂公羊欲得白

紙初印古逸叢書本穀梁作配遍覓不淔不識

夫子處有此種餘書見賜否 抱存臥病不能作

書囑 受業代達乞

敬請

釣安 受業徐鴻寶 謹稟 二日

示遵為禱專此

書目偶鈔二冊一函附繳

徐森玉致夫子大人（李盛铎）函（二）

少微十哥大人左右久不承

　教馳思無巳近維

興居安善

上侍康娛為祝無量　故宮更替率為環境牽帥墮入樊中苦痛萬狀

俟味平兄北返後法計擺脫還我本來面

哥卓識當以為然上元鄺君衡昹承銓喜蓄書兩飽自勘讀魯得奉敕

夫舊藏劖本宋六十一家詞乃毛氏刻成復徑陸勅先諾人別據善本勘正者

鄺君今由平來津風師

夫子大人為士林泰斗又知吾

哥善承家學欲得奉手藉師此三忱命致書名介儃鄺君雪渴時

移祉陳明

師座賜予攜見並加　教誨戲不可言爰此敬请招安上叩

夫子大人福安

世小卓　徐鴻寶　再

十月十七日

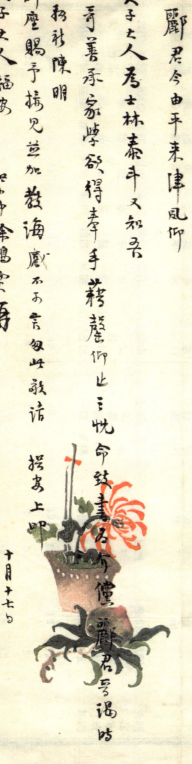

徐森玉致少微（李滂）函

87

少微十哥世大人賜鑒　前接村兄自津回茶審

夫子大人福履綏和　精神彌健游泳佛海味道

而脥引凴

函丈慰興托會　□藏宋本晉書張菊生搬

卿即入全史中　阮姝先生尚在

師塵前言及昨沅公來屬重述此事特將

原函寄呈

左右祈

加餐納　寅本搋日内趁津面聆

徐森玉致少微（李滂）函（一）

夫子訓誨並興居

哥作率日清諭腕疾增劇故爾遲延馳仰（西醫診斷為神經痛）

弟千近見海源閣舊藏菉跋書三種索值奇昂無從合議惟據以訂正槐書偶錄

多誤教多了專此敬頌

撝祺上叩

夫子大人福安

世再弟徐鴻寶再拜

十二月廿一日

徐森玉致少微（李滂）函（二）

刘承幹

刘承幹（1882-1963），字贞一，号翰怡，吴兴南浔镇人。刘锦藻子。光绪秀才。藏书家。创立嘉业堂藏书楼，并花巨资聚书、刻书。中华人民共和国成立后，藏书均捐赠予浙江省图书馆。

玉初老伯大人尊鉴累奉

赐函以俗尘丛集入夏以来屡罹时有

不适政跌裁畣罢甚々承

示向柯凤孙学士处借钞钦天监全寒

于历象一门可以见所未见仰维

长者云篹凤钞掌精蒐讨窃知

生家严趣深欣感迷荷□轩毂戍

草查著作人类数字籍寿里等項現经

分託友人公舉所知惩阙疑之庶常

耳子勤太守寓派克跡益壽里閏暑

後即须遷移新居未定此後

玫書諸仍

寄由敝廬特交較安雪橋詩話成於

辛亥以後以體例言祇合割愛

刘承幹致玉初老伯（劳乃宣）函（二）

尊意极是惟其中以周梦坡君琴书

存目孙益庵君二种年谱张孟劬君

玉貂生年谱之类皆近数年之作原

序多纪有甲子似与断代之例未符点

只可删去美仍乞

卓裁酌之玉本生家严三品衔与阅读

学衔不妨并存毋庸书兼缘空衔

刘承幹致玉初老伯（劳乃宣）函（三）

寶銜阮有不同且品級亦異也今歲

鄉擧重逢欽承

奎藻蓋海内

魯靈光矣　本生家嚴有李和之作已

繕小幀文　沈馥蓀兄特呈目前与

鄒紫老　吳蔚老同游匡廬瀕行迫

促未及修函諭妣先為李達又挪作

刘承幹致玉初老伯（劳乃宣）函（四）

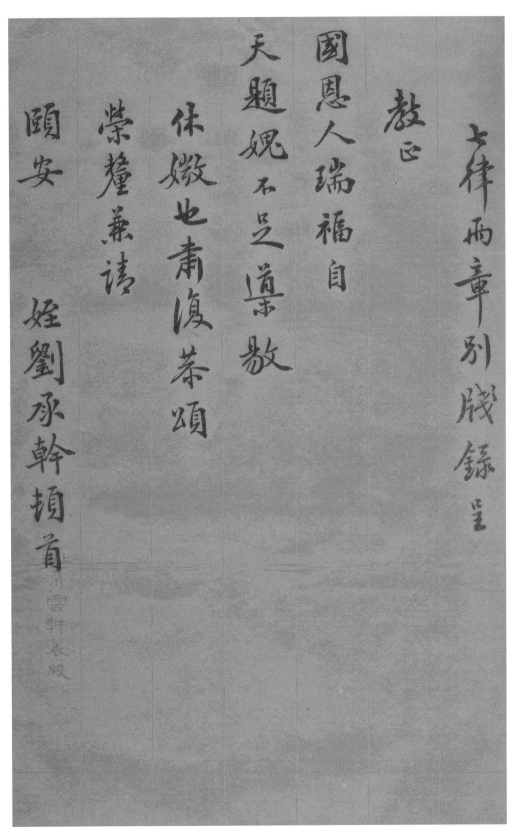

律两章别牋录呈

敎正

國恩人瑞福自

天題娓不足崇敬

休媺也肃復茶頌

崇釐兼讬

頤安

姪劉承幹頓首

刘承幹致玉初老伯（劳乃宣）函（五）

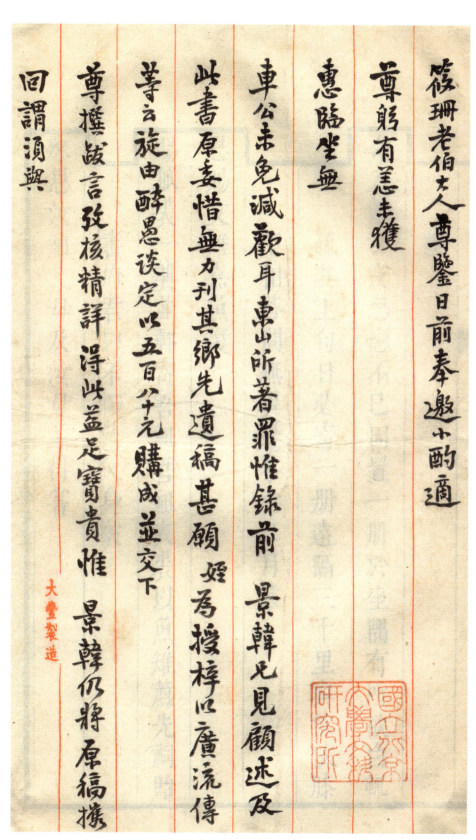

筱珊老伯大人尊鑒日前奉邀小酌適

尊躬有恙未獲

惠臨坐無

車公未免減歡耳東山所著罪惟錄前 景韓見顧述及

此書原妻惜無力刊其鄉先遺稿甚願姪為授梓以廣流傳

弟云旋由醉愚誃定以五百八十元購成並交下

尊撰跋言弦核精詳浮此益足寶貴惟 景韓仍將原稿揆

回謂須興

刘承幹致筱珊老伯（缪荃孙）函（一）

長者接洽乃可交素自姪購有此種同人爭觀為快並願先覩

尊著俾知緣由用特貢言

左右籲乞

寫給一紙以便訂入該書俾閱者一目瞭然競以奇書相詫許也

據 馮夢華中丞云 書中草書兩序伊曾清錄副稿尚存

尊處 敬求一併

交下至感至盼朱文海來據到危太樸續集刊樣 姪署為翻

擷第九卷張承基傳後 辟紹彭此蘭亭叙跋 有目無文其下

跋宝理宗詩後又有目中未載而文則有之其題僅一跋字下則誤

如是必有誤用特奉白撝文海云現在刊樣及原稿均送

尊處勘校乞梘此兩處留意焉至必為叩設或原文具在或將

目與文重刊數板其辭跋蘭亭或即補入此卷之末一切均祈

大裁可也聞風集亦已即就謹遵先送

尊校茲即附上日来想已康復　姪屢擬趨候

起居以事未果稍暇當即摳謁也尚肅　貢肌敬请

頤安

　　姪劉承幹頓首　六月廿暜

大豐製造

刘承幹致筱珊老伯（缪荃孙）函（三）

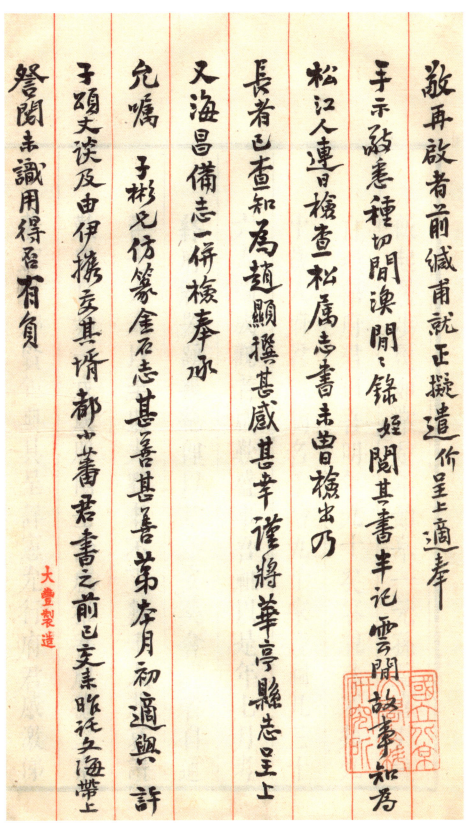

敬再啟者前緘甫就正擬遣价呈上適奉

手示敬悉種切聞澳門ヽ錄姪閱其書半記雲間故事知為

松江人連日檢查松屬志書未曾檢出乃

長者巳查知為趙顯撰甚感甚幸謹將華亭縣志呈上

又海昌備志一併檢奉承

允囑 子彬兄仿篸金石志甚善甚善弟本月初適與 許

子頌丈談及由伊攜交其婿都ヽ蕃君書之前巳交來眡託久海帶上

譽閱未識用得否有負

盛誼甚深感歎

鄙架忽遭屋漏雨淋損書至為可惜　姪知之亦為悶

尚助續布再請

台安　　姪承幹再頓首　六月三十日

孫佩南京卿文集昨已介一山夫交來　姪閱之尚多不能明

瞭即日奉謁當帶奉

瀏覽面領

教言也　姪承幹又叩

大豐製造

刘承幹致佚名函（二）

筱珊老伯大人尊鑒頃奉

諭言敬悉種切承

示增刻年譜四種 孫夏峰先生一代名儒 謹當授粹 顧亭林先生

年譜本有百詩合刻 姪處亦有之倘其增訂與原刻不同則刻之

亦妙否則既有刻本似不必再刻也其顧閭合刻本不在峯顯即日

檢出當即呈奉 阮文達公年譜以曾塘弟子記照刊既曾行世似

亦不必重刻 好在孫顧兩年譜 外尚有東山年譜已為九種矣尚

有一種前日曾以張眷水奉詢蒙

唐 趙君瑩內陁羅尼經幢 文宗大和

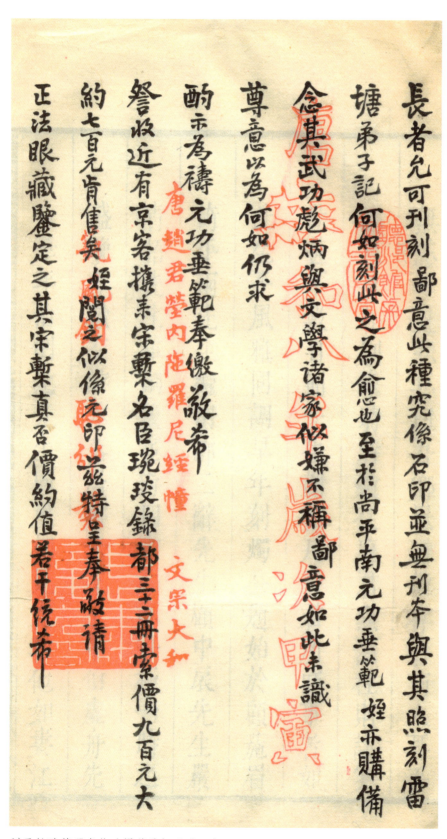

長者允可刊刻　鄙意此種究像石印並無刊本與其照刻雷

塘弟子記　何如刻此之為愈也　至於尚平南元功垂範　姪亦購備

念其武功彪炳與文學諸家似嫌不稱　鄙意如此未識

尊意以為何如　仍求

酌示為禱　元功垂範奉徼　敬希

譽收近有京客攜來宋槧名臣瑰玫錄　都三十二冊索價九百元大

約七百元肯售矣　姪閱之似像元印其兹特呈奉敬請

正法眼藏鑒定之其宋槧真否價約值　若干俟希

唐趙君瑩內施羅尼經幢　文宗大和

刘承幹致筱珊老伯（缪荃孙）函（二）

核示楊定敷俗諫昨又寄柬漢志水道攷證查傳經堂叢書

似曾刻過承識即是此編否度

長者必能洞悉新八年歲次甲寅

明以告之如已刊行則姪即擬備函寄還也日昨一山丈來攜到

翁覃谿手書易經附記稿本即係 于晦若侍郎之物此次伊 唐趙君瑩內陁羅尼經幢 文宗大和

自巳提及謂肯讓售其價未經宣示 姪意侍郎索價必鉅

且與 本生家嚴氣象有交誼未便所說較量事極為難購否

未定延攙侍郎云此書可以授梓將來設或購成未識可刊否

刘承幹致筱珊老伯（缪荃孙）函（三）

特呈

大譽 一山丈文謂山左孫京卿 篠田即向為合肥令而強項不屈

長者必知其人棄世未久近日 一山丈得黄石孫太守曾源書提

李氏者也平生善古文謔 年歲次甲寅

及此事太守與 本生家嚴在青島亦曾相識現擬謀付棗

梨 一山丈因慇懃 姪舉京卿之遺稿界之鑱鍥姪雖未見其

文弟念所刻之求恕 稿葉既書專屬近人著述以之屬釋入

未知宜否本擬邆

刘承幹致筱珊老伯（缪荃孙）函（四）

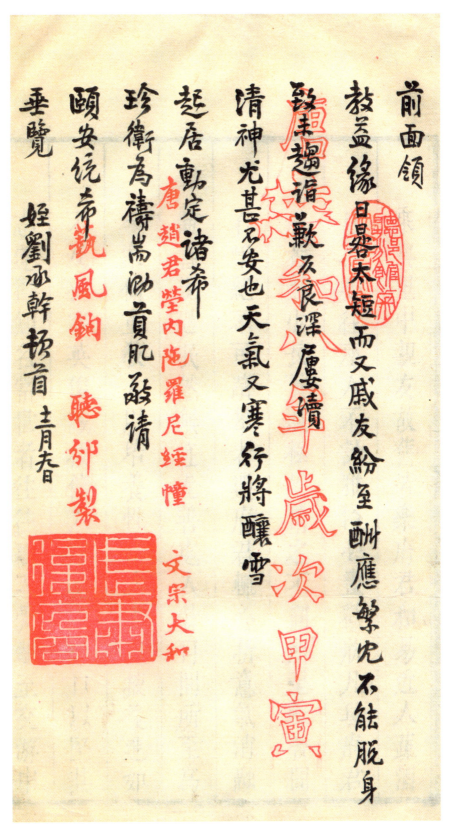

前面領

教益緣日暑太趨而又戚友紛至酬應繁冗不能脱身

致未趨謁歉仄良深屢續

清神尤甚石安也天氣又寒行將釀雪

起居動定諸希

珍衛為禱嵩泐肅請

頤安統希

垂覽

　　姪劉承幹頓首　十二月春

唐趙君瑩內陀羅尼經幢

文宗大和　歲次甲寅

聽邠製

風鈎

知良深屢續

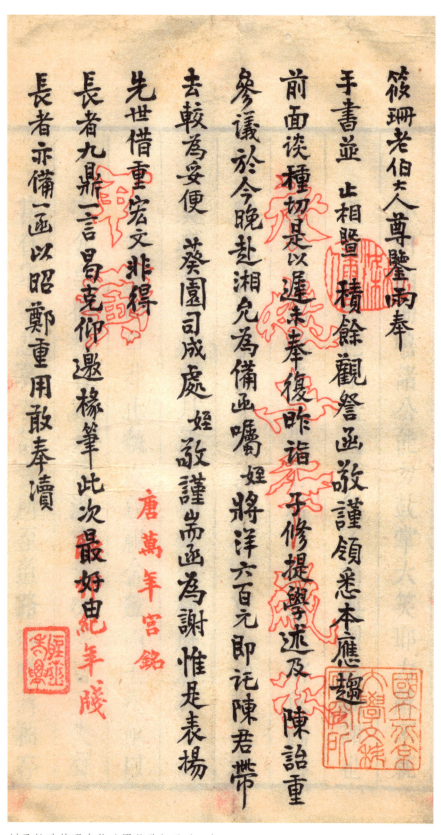

筱珊老伯大人尊鑒兩奉

手書並 止相曁 積餘觀譽函敬謹領悉本應

前面談種切是以遲未奉復昨詣子修提學述及

參議於今晚赴湘兄爲備函囑姪將洋六百元即託陳君帶

去較爲妥便 葵園司成處 姪敬謹耑函爲謝惟是表揚

先世借重宏文非得 長者九鼎一言昌克仰邀椽筆此次最好由紀年幐

長者亦備一函以昭鄭重用敢奉瀆

唐萬年宮銘

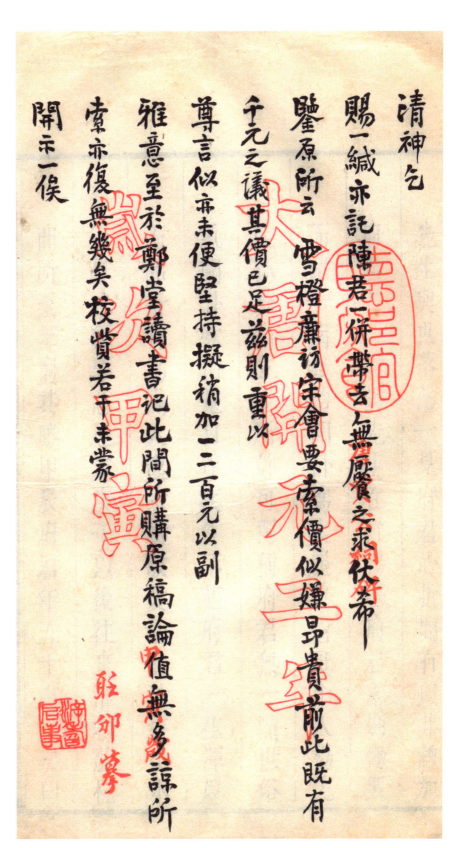

清神匃

賜一緘亦記陳君一硯帶去　無靨饡之求綱伏希

鑒原所云　雪橙廉訪宋會要書價似嫌昂貴前此既有

千元之議其價已足茲則重以

尊言似亦未便堅持擬稍加二三百元以副

雅意至於鄭堂讀書記此間所購原稿論值無多諒所

索亦復無幾矣　校賞若干未蒙

開示一俟

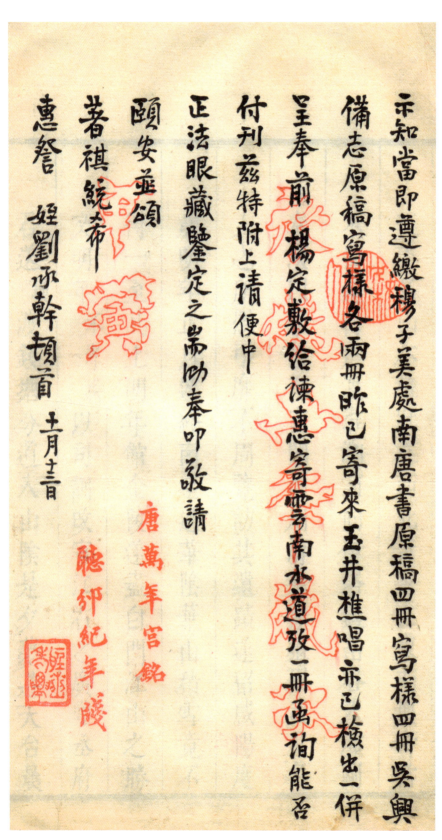

示知當即遵繳穆子美處南唐書原稿四冊寫樣四冊吳興

備志原稿寫樣各兩冊昨已寄來玉井樵唱亦已檢出一併

呈奉前楊定敷給諫惠寄雲南水道攷一冊函詢能否

付刊茲特附上請便中

正法眼藏鑒定之端附奉叩敬請

頤安並頌

著祺統希

惠詧　姪劉承幹頓首　十一月十三日

唐萬年宮銘

聽邠紀年礎

刘承幹致筱珊老伯（缪荃孙）函（三）

沈尹默

沈尹默（1883－1971），原名君默，字中，号秋明，祖籍吴兴竹墩。书法家、诗人。曾任北平大学教授和北平大学校长。中华人民共和国成立后，任中央文史馆副馆长。与兄沈士远、弟沈兼士并称"北大三沈"。著有《书法论丛》等。

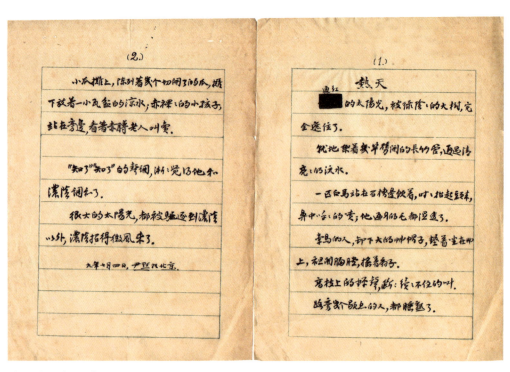

沈尹默小文一则

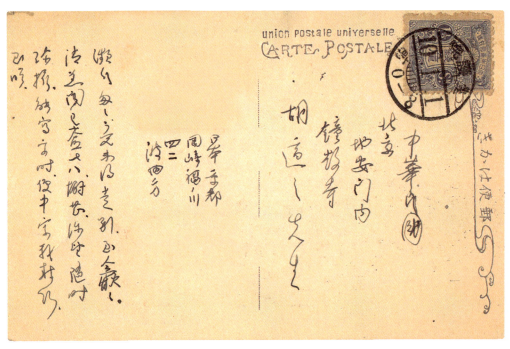

沈尹默致胡适明信片（一）

沈尹默致胡适明信片（二）

吴鼎昌

吴鼎昌(1884-1950)，字达铨，祖籍吴兴。金融家、报人。辛亥革命后，历任农商部次长、财政部次长、《大公报》社长等职。国民政府成立后，历官贵州省政府主席、总统府秘书长等职。

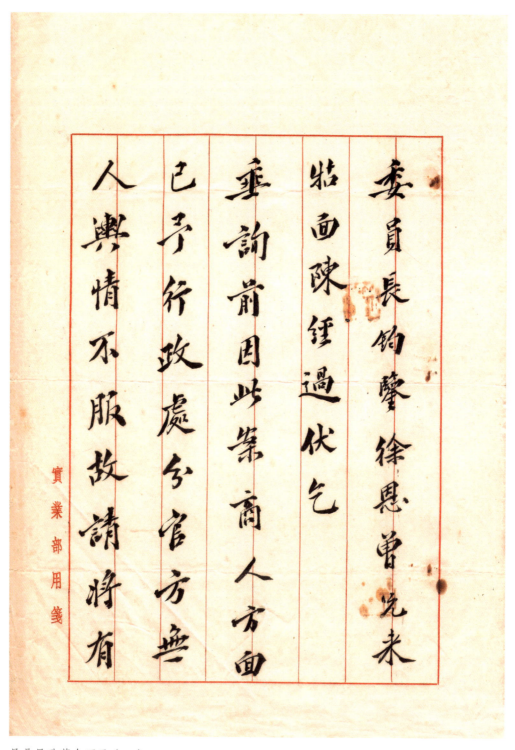

委員長鈞鑒 徐恩曾先来

粘画陳銓過伏乞

垂詢前因此案商人方面

已予行政處分官方無

人與情不服故請將有

實業部用箋

吴鼎昌致蒋介石函（一）

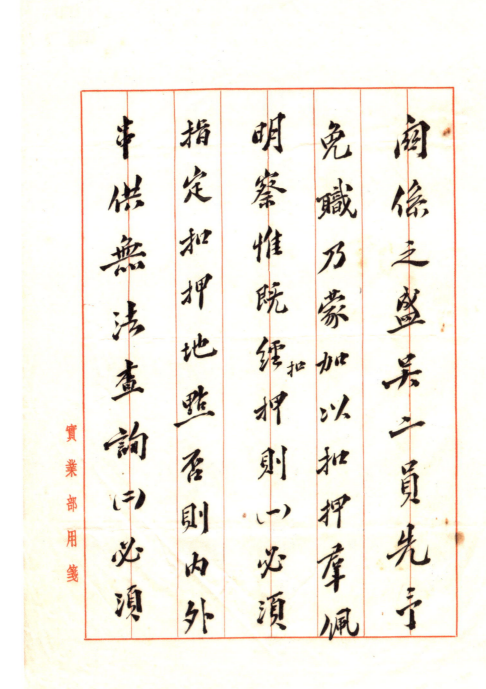

关係之盛吴二員先亓

免職乃蒙加以扣押摩佩

明案惟既經扣押則⑴必須

指定扣押地點否則內外

串供無法查詢⑴必須

實業部用箋

吴鼎昌致蔣介石函（二）

115

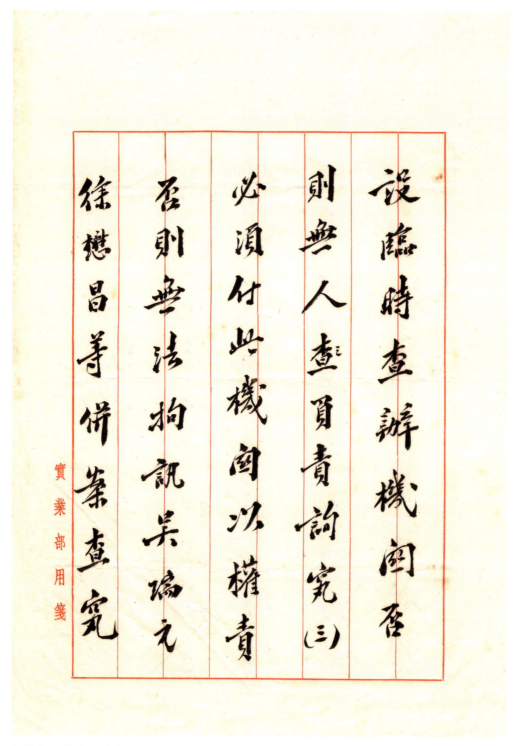

設臨時查辦機關否

則無人查頁責詢究（三）

必須付此機關以權責

否則無法拘訊吳瑞元

徐戀昌等併案查究

實業部用箋

吴鼎昌致蒋介石函（三）

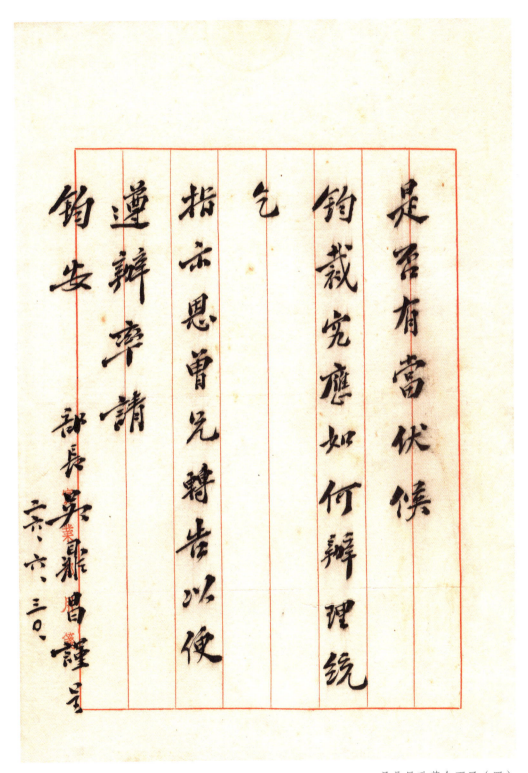

是否有當伏候

鈞裁究應如何辦理統

乞

指示惠曾先轉告以便

遵辦率請

鈞安

部長吴鼎昌謹呈

二六、六、三〇、

吴鼎昌致蒋介石函（四）

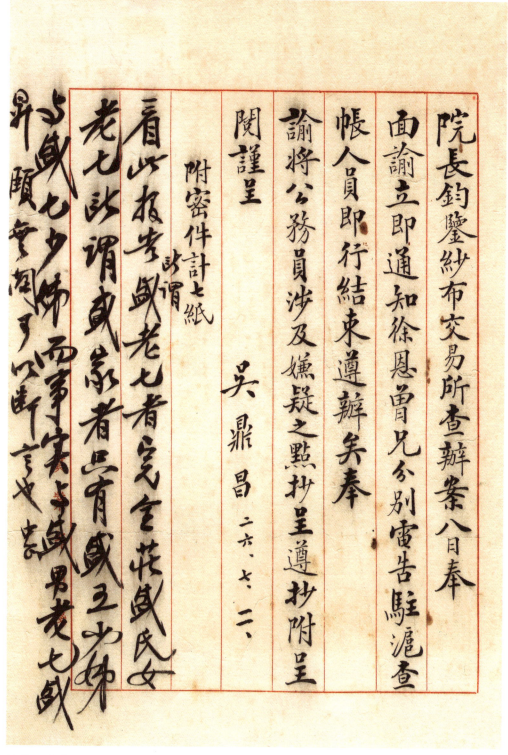

院長鈞鑒紗布交易所查辦案八日奉

面諭立即通知徐恩曾兄分別電告駐滬查

帳人員即行結束遵辦矣奉

諭將公務員涉及嫌疑之點抄呈遵抄附呈

閱謹呈

　　　吳鼎昌 二六、七、二、

附密件計七紙

　　　　　　　刘渭

看此報告戲老七者完全莊盛民女

老七尚謂戲家者只有盛三少妹

盛七少妹而事實上盛男老七戲

昇頤實圖了以斷言也袁

吳鼎昌致蔣介石函

铁城吾兄 秘书长 勋鉴 上月十七日

大函送来发各省市政府及党部密电经转奉核

经以特约电本于戌篠拍发去后嗣接各地复电呈

报遵办情形到府并经于上月二十六日转函察照

各在案兹续接贵州新疆两省政府主席及重庆

市之长来电报告遵办情形到府相应抄同原件

吴鼎昌致吴铁城函（一）

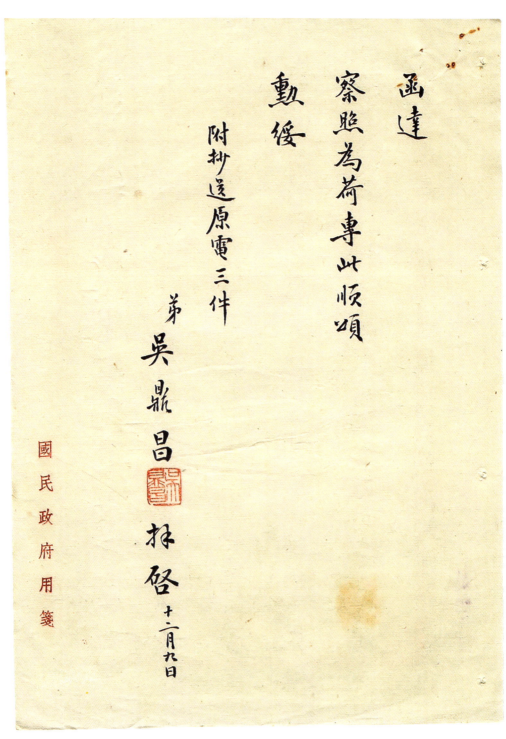

函達

察照為荷專此順頌

勳綏

附抄送原電三件

弟 吳鼎昌 拜啟 十二月九日

國民政府用箋

吴鼎昌致吴铁城函（二）

铁城吾兄秘书长勋鉴：本月十七

大函送来发多省市政府主席市长及党部

主任委员审电嘱转陈核准用特约电々本月

日译蒇一案，经印陈奉核准以特约电本于

戊篠拍发去讫，兹续接多地复电呈报导

办情形，相应抄同原电函达

吴鼎昌致吴铁城函（一）

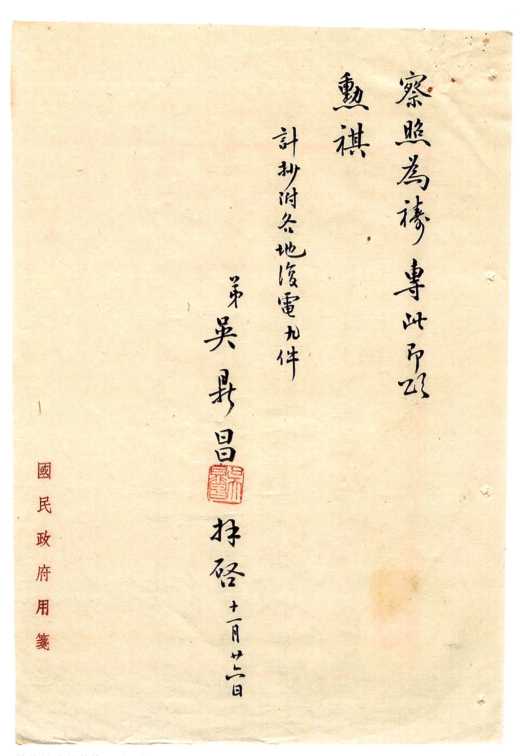

察照為禱 專此布覆

勳祺

計抄附各地復電九件

弟吳鼎昌 拜啟 十一月廿二日

國民政府用箋

吴鼎昌致吴铁城函（二）

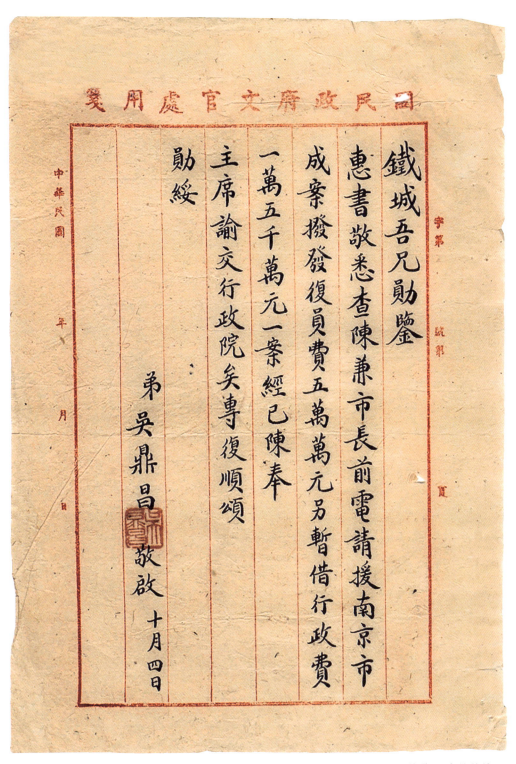

吴鼎昌

國民政府文官處用箋

字第　　號　頁

鐵城吾兄勛鑒

惠書敬悉查陳兼市長前電請援南京市

成案撥發復員費五萬萬元另暫借行政費

一萬五千萬元一案經已陳奉

主席諭交行政院矣專復順頌

勛綏

弟吳鼎昌敬啟　十月四日

中華民國　年　月　日

吴鼎昌致吴铁城函

123

钱新之

钱新之（1885-1958），名永铭，吴兴人。毕业于天津北洋大学和日本神户高等商业学校。国民政府成立后，历任国民政府财政部次长、交通银行董事长等职。

介公委員長鈞鑒叩達

鈞範急～經年違令

德輝弇勝景仰鈊卧病教

月迄未復元論姪躯若在北平

协和醫院或由滬上醫院診

治似易奏效均不克去徒呼

奈何以病躯從揽多行事

務隕越堪虞如荷

钱新之致蒋介石函（一）

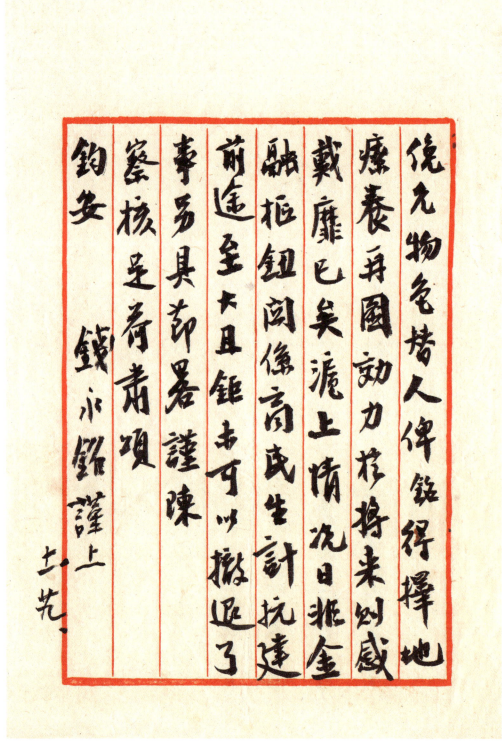

钱新之致蒋介石函（二）

任鸿隽

任鸿隽（1886-1961），字叔永，祖籍吴兴菱湖。中国近代科学的奠基人之一。曾任四川大学校长。与赵元任等创立中国科学社，提倡科学救国。中华人民共和国成立后被选为全国政协委员。

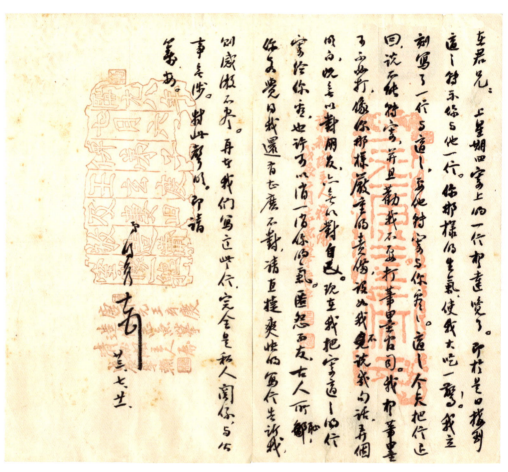

任鸿隽致在君（丁文江）函

洪芬我兄道鑒 廿三日 来示及附件均任事
到 敬坐 胡美先生之酬 金笑然照送二百元
自屬臺賸可觀渠已世间飛京政作諸事南京
衛生署特省不致誤玉所 坐日到其西參觀亦
無其他用费因其西難板廁近不但無其地破
费且燼得一次好西餐也 承 永碩恪先生来信
闻於川大友西南大局之佳意使人感奮所提也
執事会來遣小调查圖一事石知已否提出討論

闻邵恪先生胃舊疾携其渠餓未川淼原矛
趣表歡迎之忘可否请 先致電渠乗船代達
邻忱若渠於垿之次日即来城来薔为为前在山
为畫地主之谊候渠视察完畢亦同来荒機南下
赴舍必不晚也下年度美金燼俟百晚高年会许
多事業六世當照舊市新之深幸手支配欵項
必須名給勤子趣 玉知此次諸學中子新計晝之事
業在川大今年决不希望省 何補助因政府久许之建

任鸿隽致孙洪芬函（一）

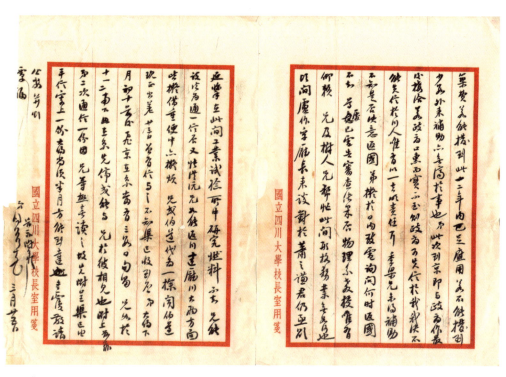

任鸿隽致孙洪芬函（二）

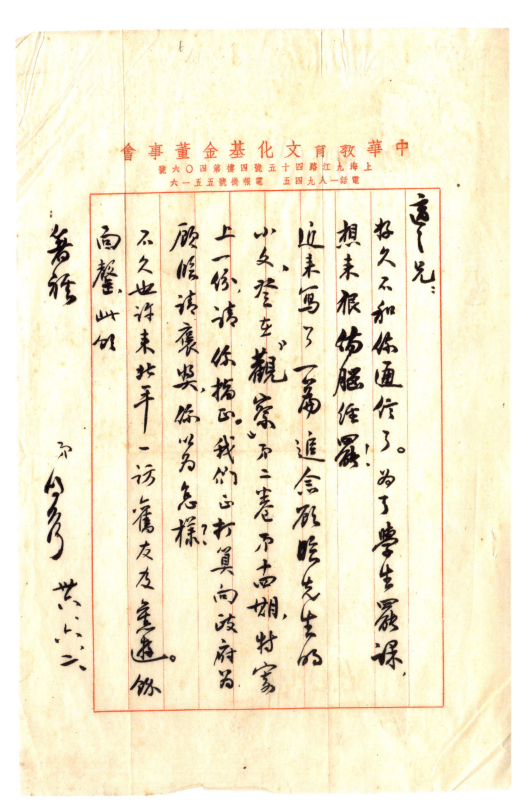

任鸿隽

中華教育文化基金董事會
上海九江路四十五號四樓第四〇六號　電話一八九四五
電報掛號五五一六

适之先生:

好久不和你通信了。為了學生罷課,想來很煩腦經罷!

近來寫了一篇迫念顧先生的小文,登在觀察第二卷下西胡特寫上一份,請你指正。我們正打算向政府喚顧眼請褒獎,你以為怎樣?

不久也許來北平一访,屆友重逢,尚竊此機向磬此帆

弟　經

廿六二

任鸿隽致适之（胡适）函

131

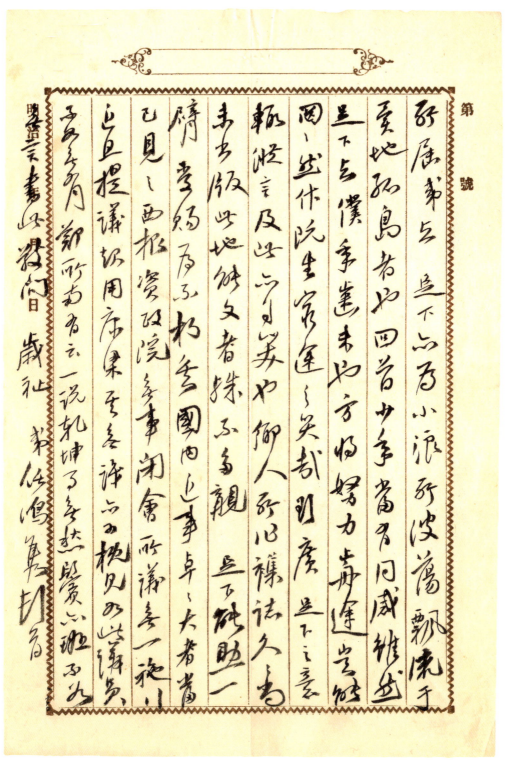

任鸿隽致佚名函（一）

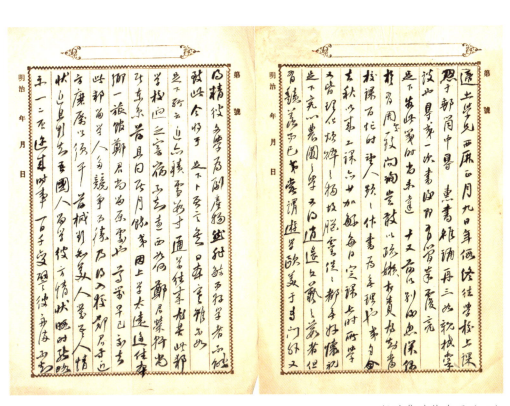

任鸿隽致佚名函（二）

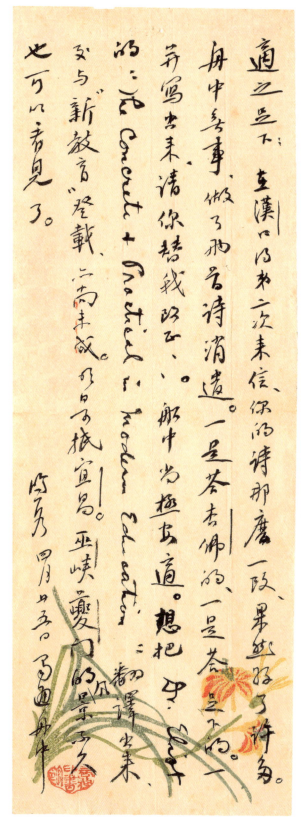

适之足下：查汉口内地第二次来信、你的诗那"唐"一段、果然好多了许多。

舟中多暇、做了那首诗消遣。一是答杏佛的、一是答玄同的一首写出来请你替我改正、。船中尚极无聊、想把中的"the Concrete + Practical in Modern Education"二篇翻译出来、及与新教育登载、二尚未成的可以搁宜写。巫峡夔门的景象很好、也可以寄见了。

隆隽 四月廿五日 写于过巫峡舟中

任鸿隽致适之（胡适）函（一）

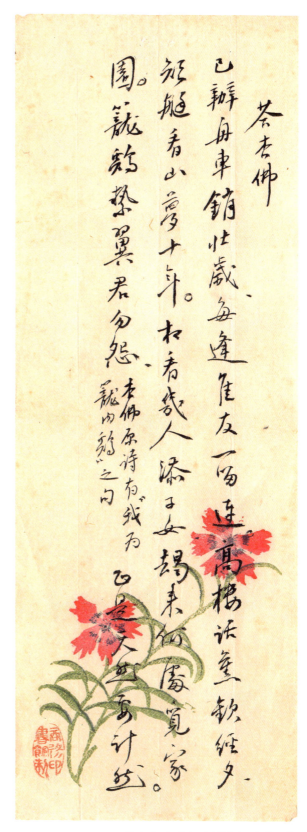

杏佛

已辨舟車銷壯歲、每逢佳友一面連。高樓話舊數經夕、短艇看山夢十年。桃李春風人添子女、揭來煙雨費覽家。圃藐鵜鵝翼君勿怨、藐內鵝之句

杏佛原詩有我為藐內鵝之句
乙亥天如夏計之。

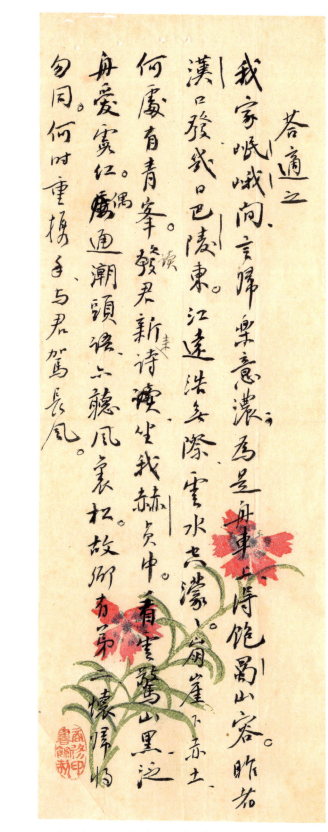

答適之

我家岷峨向、言歸樂意濃。為是舟車上、得飽蜀山容。昨若
漢口發、我口巴陵東。江遠洗多際、雲水共濛濛。肩崖下赤土、
何處有青峯。發見新詩讀、坐我赫負中。看雲驚蜀山黑泛
舟愛霞紅。偶通潮頭語、六聽風袁松。故卿青弟一懷歸烟
句同。何時重搖手、与君駕長風。

任鸿隽致适之（胡适）函（三）

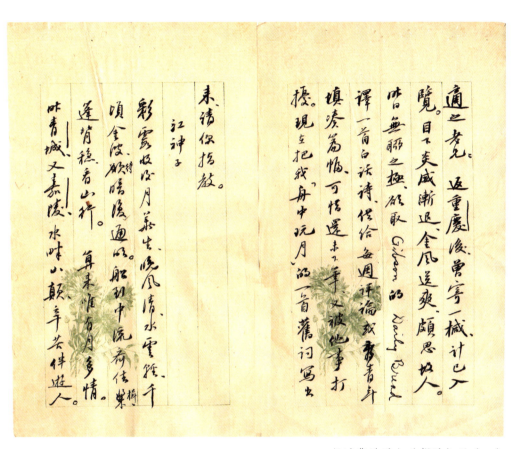

适之老兄：

返重庆后曾寄一椷，计已入览。目下炎威渐退，金风送爽，颇思故人。暇无聊之极，依取 Gibson 的 Daily Bread 译一首白话诗，借给无聊评论或青年填凑篇幅，可惜还未及笔又被他事打搅。现在把我"舟中玩月"的一首旧词写出，未请你指教。

江神子

彩云收尽月华生，晚风清，水云轻，千顷金波，欹晚暝通明。船却中流荷徙棹，遥肯稳，香山行。算来惟有月多情。逢辔稳，香山行。咏青城又嘉陵，水畔山颠，辛苦伴游人。

任鸿隽致适之（胡适）函（一）

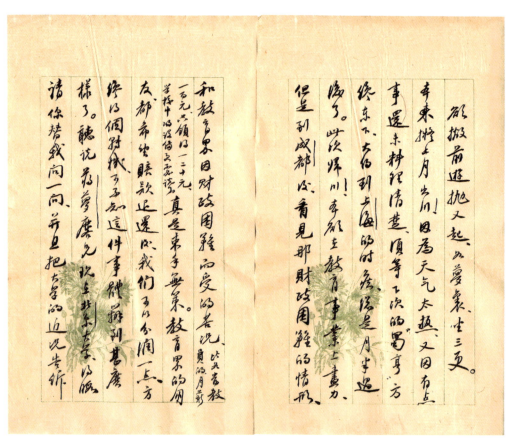

任鸿隽致适之（胡适）函（二）

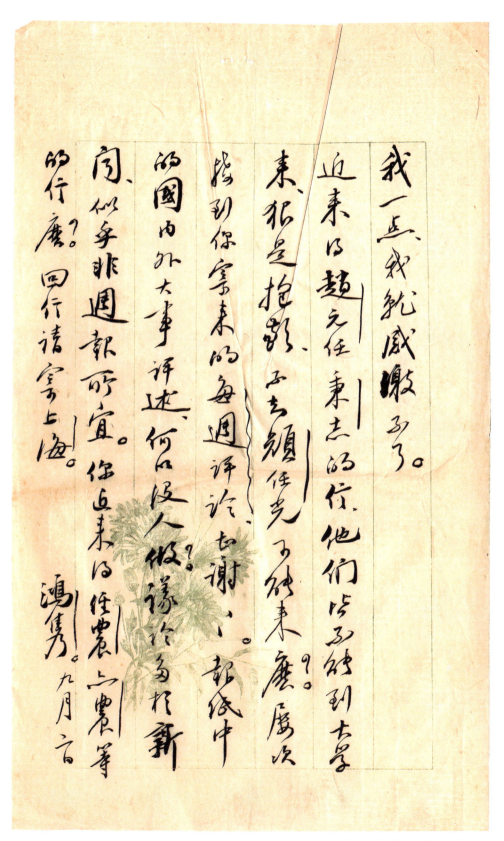

我一点、我就感激不了。

近来吃趙元任秉志的你他们比我快到去年。

来、狠是抱歉、正志頻任克子秉来廣屆次

擇到你寄来的每週评论、谢谢。郵途中

的國内外大事评述、何以没人做？議论多於新

闻、似乎非週報所宜。你近来的任農、農等

的行廣？回行请寄上海。

鴻隽。九月言

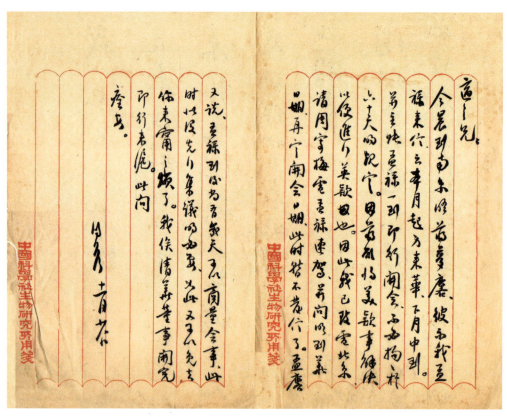

任鸿隽致适之（胡适）函

钱玄同

钱玄同（1887—1939），名夏，后更名玄同，字德潜，吴兴人。语言文字学家。曾任北京大学、北京师范大学教授。五四时期，致力于国语运动和汉字改革。著有《文字学音篇》《重论经今古文学问题》等。

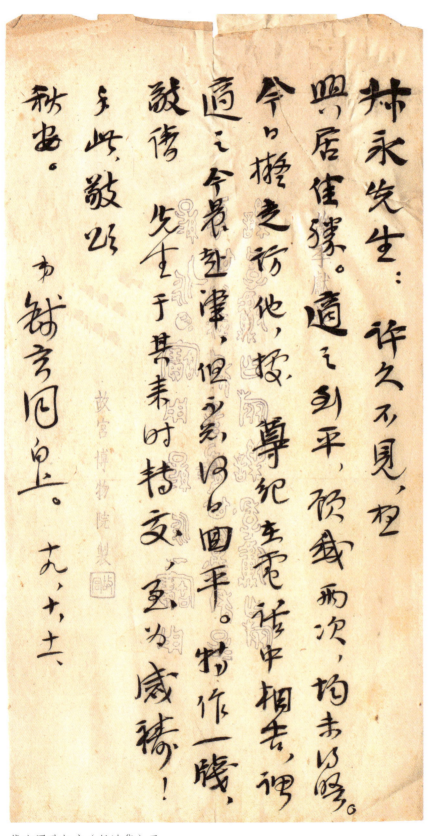

叔永先生：许久不见，但
兴居佳胜。适之到平，顷晤两次，均未以告。
今□携之访他，按尊纪主电话中相告，
迪之今晨赴津，但云□日回平。特作一缄，
敬请先生于其来时转交，至为感祷！
专此，敬叩
秋安。
　　　　弟　钱玄同启。
　　　　　　廿六、十三、

钱玄同致叔永（任鸿隽）函

适之老兄足下：

我天以前見到元任，已經知道您到平。
我因為知道您這回到平，可比上兩回，是要久
秀於此了，而這幾天以來，我因為要籌備
師大國文系上課的事，頗有些「忙」「車忙」，
所以想過幾天再來奉訪。不料您已經先
顧兩次了，兩家都沒有遇到，悵何如之！

今日本擬奉訪，先打電話到
任宅詢問，說胡先生今天早晨到天津
去了。問幾時回來，說不知道。故修此函
奉達，請您回平之後，給家一個回音，當
即走訪。任宅門牌號數，亦乞示知。

您好哇！

玄同白。
九年夏十二節之翌日。

故宫博物院製

钱玄同致适之（胡适）函

适之兄：今有一乎要请教的：你对于

老秋，现在究竟视他是一部什么性质的书？你的哲学史中说老秋不甚尝他

历史看，意谓以行辈所说为近是，他是孔子……正名主义的书；……后来你衡……其大，国……非……刊

宣言，对于老秋而四到洋的路……

上，调为太"陋"了，董上批评汤四到洋方士的

路上回事之讯评。我对于你这个论调，

可以作两种解释：(一)你何说老秋为"正名主义"呢，何以论薰所之则是，但对于庄周

驾"廉语了的"老秋搬大会谋派，动不动

说吧"之大意如三三"，通三之"些囤互角"，运

些话竞り太讨厭了，解聞陕家珍太适了。

可以用一个"陋"字末打倒他。(二)你劳前後，

钱玄同致适之（胡适）函（一）

的见解不同了。你像末但为清秋以是，
那邱焖轻顶，不但拂堂儡二大豪，並且
也不是孔子正名之著作。我这两种解释
未知氣足，请你自己告我。

我现在的意见，是主張你第一说而照有
不同。我以为清秋確是正名之书，但不见得
秋是孔子的革剳，方概是荀子一派喜歡隆
古的人们作的把戏。作清秋的古南
是此行清秋书的教傅弟子之类，洋而言
巳有些"撼大言議"的意味，到了董遇士和
何老爹，起说越了完诱了。至控清代的
先生们，那些题更直，彼此一句话，绝两讠巳。他们是
託清秋而改制"罢了。我因为觉得清秋的
稱名上確有些夸怪：以晳之斋之的五等爵

钱玄同致适之（胡适）函（二）

信，某也怎，某也侯，……郭造石骦，今记之格镌，

毋欵淳，实主党以没有远麿一两事，大女

是单恭国，这㮴子的稗平，恐怕此是属家

以玖言哭罢了。此外如鄁㮱的襄扬官姬，

也安可唾弃。故邹兄以为很喜欢有余许衔

天义的说法，图第对。羞竟很为战号国的

改府？救以四章本，何必来会。徐以……

……九，三，十九。

玄同白。

李景泉大夫托我转请 您写一张横幅，纸主我这裡搁了半年，害主足被我耽误了。他现主催我催得很急，我打谅怎已隔四平了，特差善人送上，敬请於一两天之内为一挥，解了我的围，善熈！！您以蒙为强说过，搨写。陸学使人"四字，我想这拾狠好——自经不是说书要写别的句子——他对我说，希望怎依我句发说吧，我亚做一定（可以）著疢的。写詑後，即防人送至孔德学校交，千收五也。

适之吾兄：

钱玄同白。

廿一一、廿、

钱玄同致适之（胡适）函

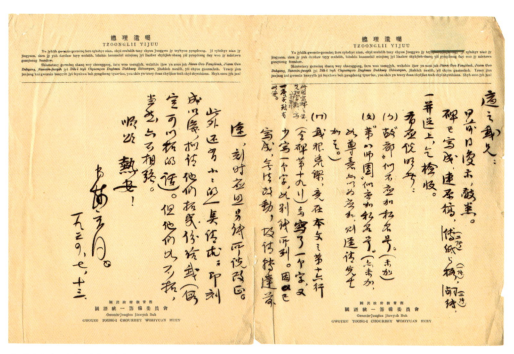

钱玄同致适之（胡适）函

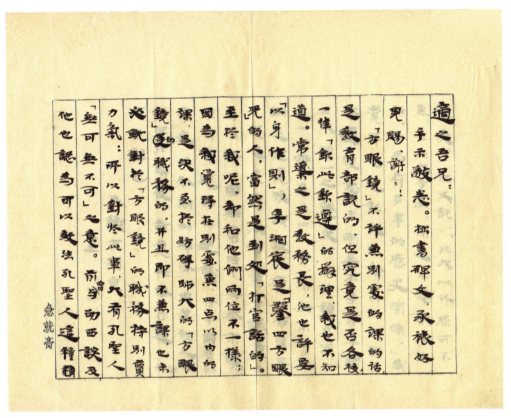

钱玄同致适之（胡适）函（一）

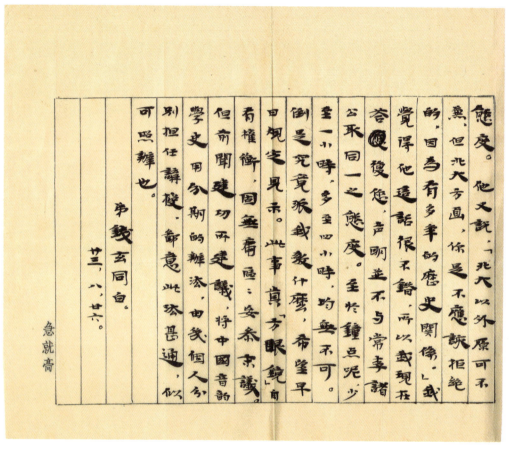

钱玄同致适之（胡适）函（二）

沈兼士

沈兼士（1887-1947），祖籍吴兴竹墩。音韵训诂学家。历任北京大学、辅仁大学教授。与兄沈士远、沈尹默并称"北大三沈"。著有《段砚斋杂文》《广韵声系》等。

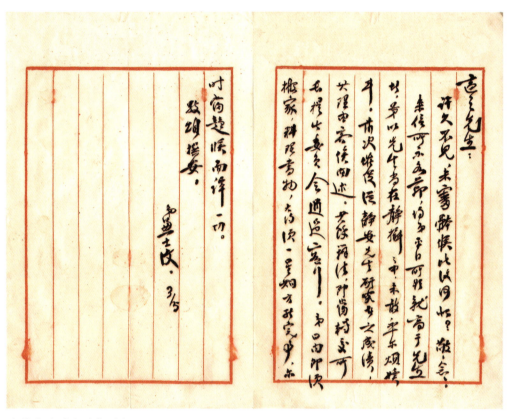

沈兼士致适之（胡适）函

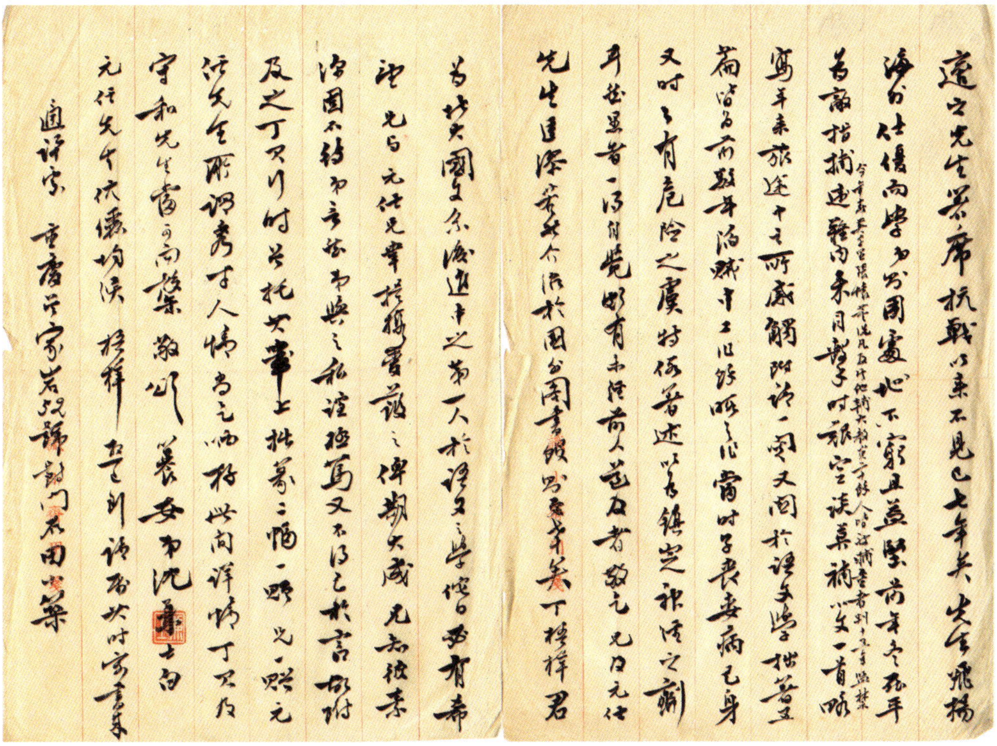

适之先生著席 抗戰以來不見已七年矣 尖金飛揚

海内仕傷兩學者多岁困窮此下寡丑益學前年冬五年

為厥措捐迄鄰內承月□□□時□空诀莫補□□□□□□

寫年來旅迷中之所廠觖阳陌訴一窙又同於謀手嬰撒墓

葡噹多一而鄱鄰中工小路昿昿之小當時子丧妻病乙身

又以少有危除之虞時仮著述以書鎮定誅偌之前廂

平此裟著一沔月覽邨有未𣇉甬人盖石者敽乙乙囗元仕

先生思深兼关�仮於困台图書儆写欵乡彳关丁榛榉君

為坿冥圑呈系海迴中之第一人校涯又之學馆必有希

池乙乙元仕冗苹按摞書記二得期大藏无知故來

泠囷不特夕字玹而與之秒注硌焉又不𨳝乙㠯言栘付

及之丁刃以时些托女拳上批葛二惝一鄱必照元

仮矣全群调为丰人情弖艺酾矜兴尚详吟丁刃內

宇和先生审可尚録 潮邧 蒙安书沈□□

元仕矢午伏傷均浃 桴祥 □□刊詣眘兴时冥耆箕

道评㸃 童廑干寡若兄弟劲门关囤心㠠

沈兼士致适之（胡适）函（一）

153

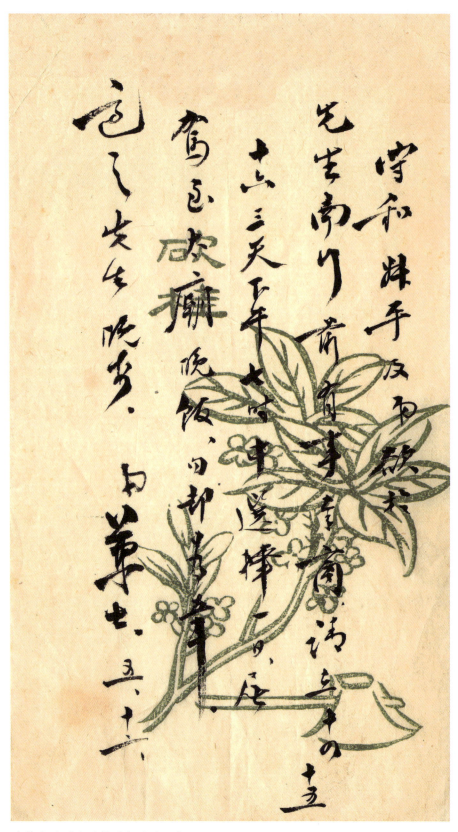

沈兼士致适之（胡适）函（二）

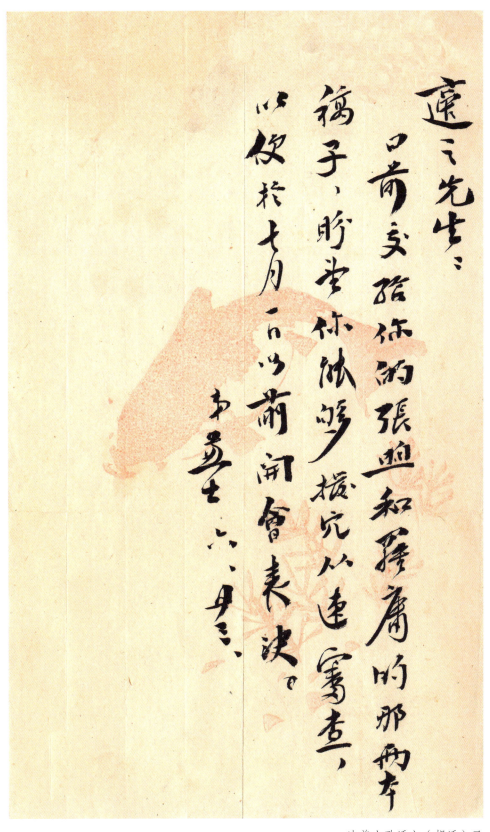

適之先生、

日前交給你的張血烟和羅膺眉的那兩本
稿子，昨嘗你如够撥究以連籌查，
以便於七月二日以前開會表決。

弟兼士 六、廿三、

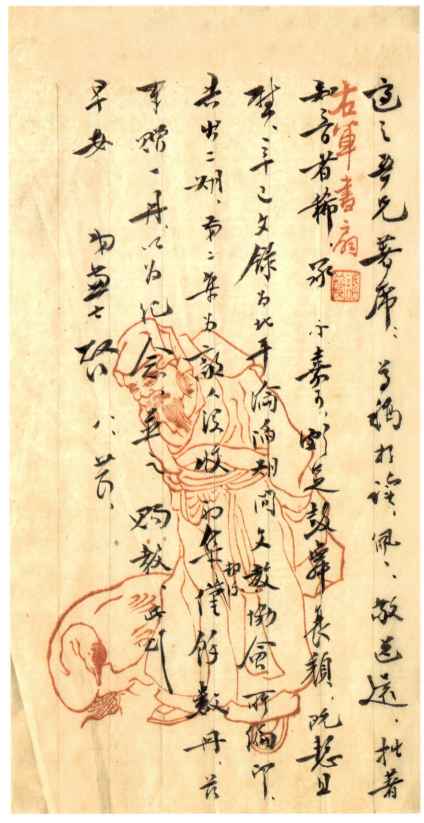

沈兼士致适之（胡适）函

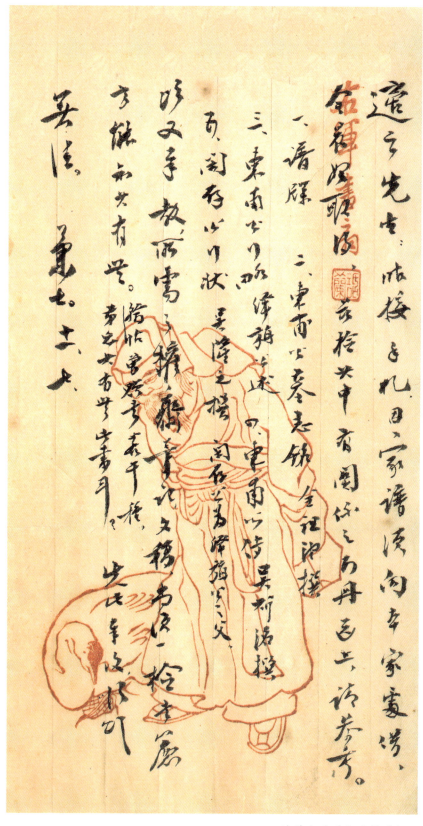

适之先生：临後手凡日，家谱須向本家索得，可为丹巴示六诗参考。

一、谱牒　二、束帛以奉志领　金征记撰

三、束南也……译辦之述……束南以待吴新满極

頁，剝存以状……巽渖之撰……閣在此為渖殞其父。

……又手故，而雪、擒、雕……又稿為須一榜本……

……方雜而尤有疑。……

……苦渲。　兼士　六、七

沈兼士致适之（胡适）函

戴季陶

戴季陶（1891-1949），原名良弼，又名传贤，号天仇，字季陶，以字行，祖籍吴兴。国民党理论家。历任中山大学校长、考试院院长等职。中国马克思主义最早的研究者之一。

稚暉先生曁諸同志道鑒、賀之比來牽率紛蕪瑣

中山先生疾、不莘而先生竟不起、又以喪事、不忍遽

離京、其後更困

先生之熱誠至意、勉力成人之義且在個人良心上、。。。。

亦欲盡其所能者、以謀同志之一致結合、雖明知其無

可為、然孤衷素志情與事大事之心、固未嘗一刻

休止、開會以來、提出議案者八附案二、承諸同
（此雖未提出、蓋知大衆不注意及此故耳）

志不棄愚拙、委以起草宣言訓令及中山先生

戴季陶致吳稚暉等函（一）

永久纪念会章程均一如命畢事、並主意迁就不切

此情遣詞兄雜不合體制、皆由傳贤幼年失學、長大

又乏修養之故昔年佐中山先生記室、所有稿件均

受意而後為文、尚不敢長自立意、此次撰稿既無所

秉承、而諸公又皆注重文學、是以奉命之後、愈競之業、

惴以依據舊有成規為法、愈競業而文思愈满、成

绩之不佳、固早已具自知之明矣、而所以不敢辞者、亦

僅為對於中山先生之遺喙、畧盡忠誠而已現在

戴季陶致吴稚晖等函（二）

重要議案、已大致告一段落、前日傳賢 所辦明成人之美。

者。責任已終、可擱各件、是否能用、皆非傳賢所宜問、兩

月以来、往往失眠、加以年来本時常多病、非南歸休養

不可。是以於明日乘早車赴滬、即日四湖靜休、此種

急惰之行、本不應有、且更不應在此重要時期、惟本係

素志、數年以来、便已不敢與聞天下事、此番北上、並經事

前以函電辞明、除視疾外、不問其他、精衛先曾以此意

左病榻前陳明 先生（中山）、經 先生（中山）宥諒、此次所以勉為

戴季陶致吳稚暉等函（三）

其難者、實專為副

先生之責望、故事畢即歸、乃單純之行動、既非有何

種不滿、亦非圖何事悲觀也、四湖之後、必努力讀書

習學、練習文章、以期他日能為諸同志盡力、甫此敬叩

道安並祝

諸同志圓滿如意 ◎◎◎◎

戴傳賢扣啟 四月十四日

戴季陶致吴稚晖等函（四）

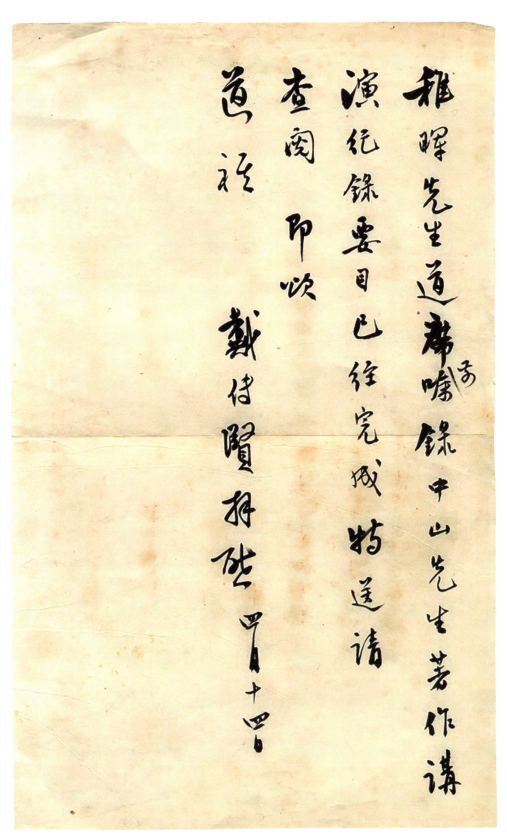

稚暉先生道席嗜錄中山先生著作講

演紀錄要目已經完成特送請

查閱即吮

道祉　　　　戴傳賢拜啟四月十四日

（一）

稚暉先生道席　昨日悲痛之際　言不成理　更以素性

愚懦　對人對事皆不敢盡其情　夫以二千餘年孕

育於孔子學之賢達　洞深為明絕　非傳聞可致測量

誠惶誠恐　亦非無故也　傳聞素養與學養又宜盡情交

友讀書二十年都無一成　五年來因事牽懷潛讀老

子書嘆其一字一句乃玉無文字之境都為高明不可

思議　乃知我所以不能與世合之故　三年來寄歸蜀又

隨緣應佛氏書於是又懼向之所學都為荒謬而甚

贊世尊之悲悲情進為難　方感德自蜀東歸再為

戴季陶致吴稚晖函（一）

（二）

不謂中山先生相別未兩年鬚白髮禿昔之豐□甚膚

如枯木之皮而奮鬥則尤加於往昔更悲心讀其書味其言

諮其行後，熟察老子所教育而成之國人氣質益深知

中庸之道所以不能戰勝無為權變與先生所以不見

成功之故然中山先生至仁者也至仁者必有大勇是以雖

千辛万廉而自力行其道不衰我則僅時一露良心去仁

至遠既無赴敵之勇又不敢便舍甲走惟徬徨扎人

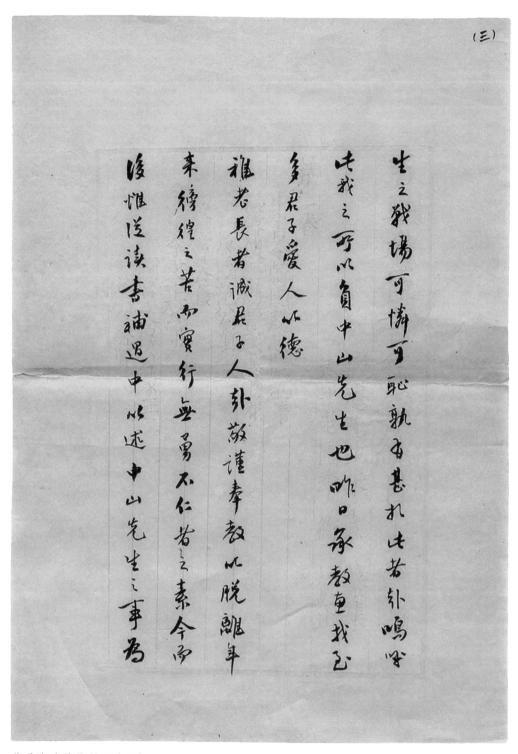

生之戰場可憐可恥就事甚扎之苦外鳴呼

此我之所以負中山先生也昨日承教重我玉

多君子愛人以德

稚老長者誠君子人外敬謹奉教以脫離年

來續纏之苦而實行無勇不仁者之素今而

後惟從讀書補過中以述中山先生之事為

戴季陶致吴稚晖函（三）

（四）

残生之素愿是可常庐墓也且屯牵凤顾曩

之不难偿徒以不允许於中山先生坐扎解

常务委员宣传部长及学校政府诸职务後

已辞上书请免即退展待罪者久矣前之随

先生赴日实以传贤外无人能任是役既到

津刻余中事非待传贤而後就者故随即

南归与其次之来京刻专为侍疾十好年

相从之父师岂不欲一送瓦邨屯意寄梦颜之

以先精衛无闷精衛无且故此意扎病榻

戴季陶致吴稚晖函（四）

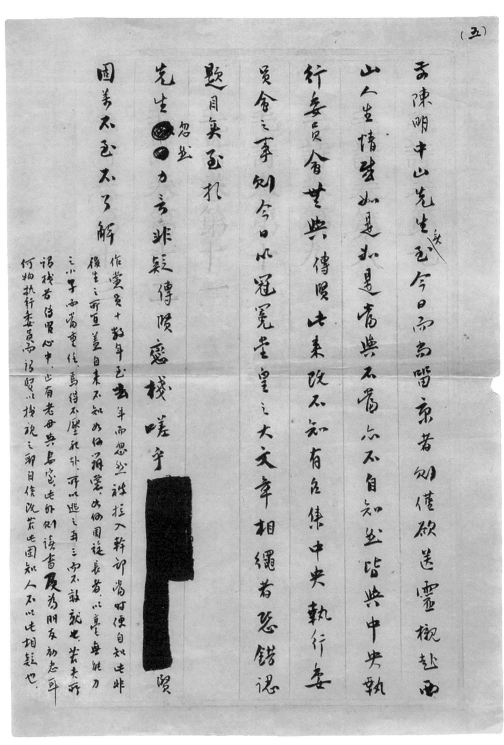

戴季陶致吴稚晖函（五）

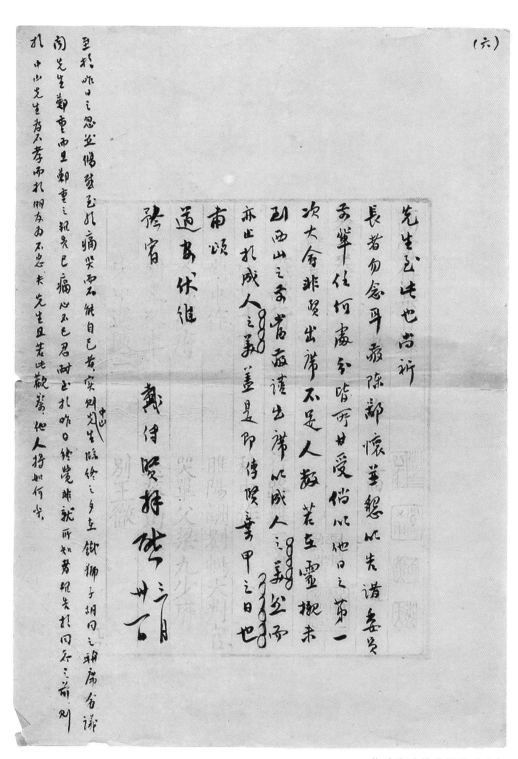

先生玉生也尚祈

長者勿念耳竊除郤懷著懇此失諸委員

子舉任何處分皆所甘受倘此他日之第一

次大會非賢出幹不足人教若左靈擬未

副西山之季實盛諸出幹以成人之義並示

並此松成人之義蓋是即傅賢等甲之日也

　　聽官

　　道安休維

　　南頌

　　　　　　　　　戴傳賢拜啟　卅之日

至於昨日之忿並恨發玉松痛哭而石紙自己黃實則先生臨終之多左欽獅子胡日之研席會謀

南先生鄭重而主鄭重之親先已痛心不已君耐此松昨日終覺非就所知弟現先松同客之前列

扎中山先生為不孝而扎朋友而不忠末先生且若此歡蓋他人將如何矣

戴季陶致吳稚暉函（六）

陈果夫

陈果夫（1892-1951），原名祖焘，吴兴人。陈其美侄，陈立夫兄。历任国民党中央常委兼组织部长、江苏省政府主席等职。长期负责国民党党务工作，参与创立 CC 系和国民党中央执行委员会调查统计局。

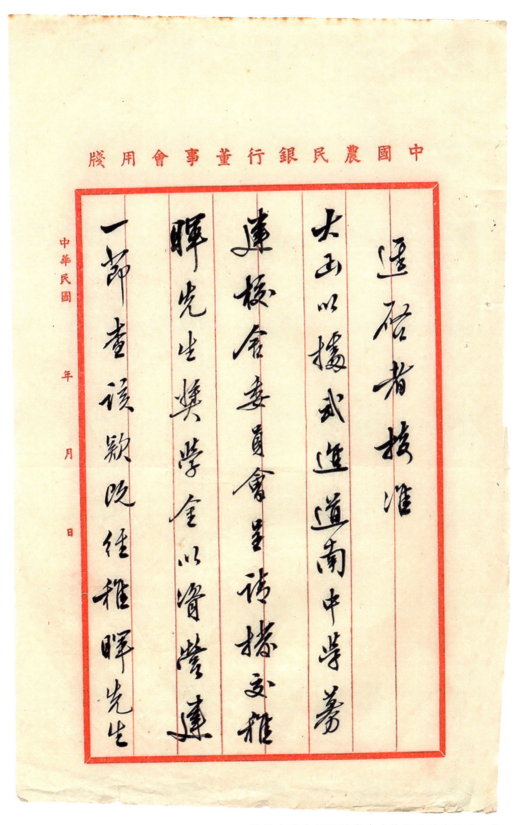

逕启者核准

大西以拨武进道南中学款

建校会委员会暨请拨交稚

晖先生奖学金以资奖进

一节查该歉况经稚晖先生

中华民国　年　月　日

中国农民银行董事会用笺

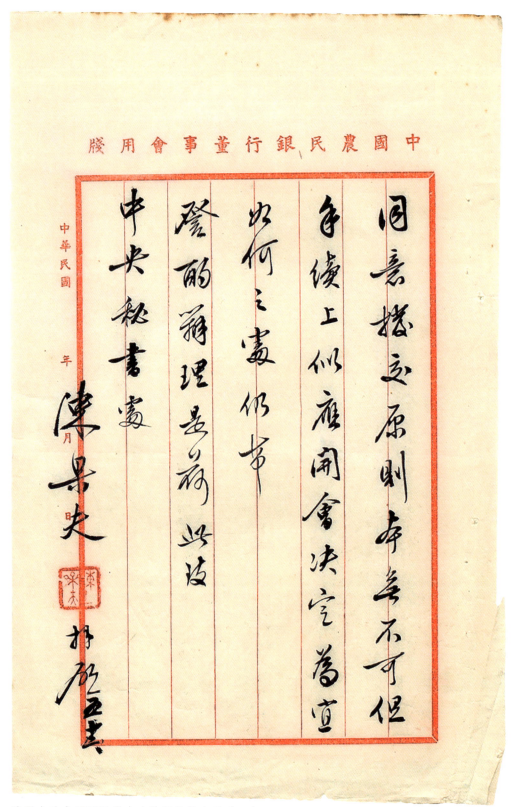

中国农民银行董事会用笺

同意搬运原则本身不可但
手续上似应開會決定為宜
如何之處仍希
啓酌辦理並予荷覆

中央秘書處

中華民國　年　月　日

陈果夫　拜啓　元生

陈果夫致中国国民党中央执行委员会函（二）

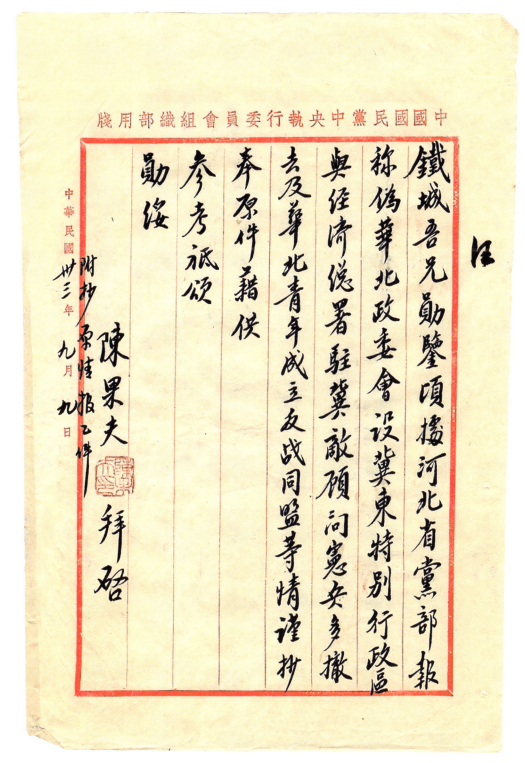

中國國民黨中央執行委員會組織部用牋

汪

鐵城吾兄勛鑒頃據河北省黨部報

稱偽華北政委會設冀東特別行政區

與經濟總署駐冀敵顧問憲兵多撤

去及華北青年成立反戰同盟等情謹抄

奉原件藉佈

參考祗頌

勛綏

陳果夫 拜啟

附抄原件報乙件

中華民國卅三年九月九日

陈果夫致吴铁城函

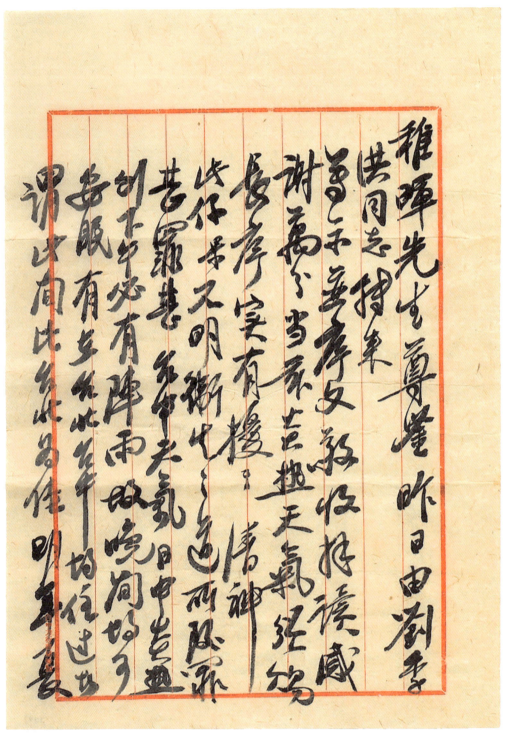

陈果夫致吴稚晖函（一）

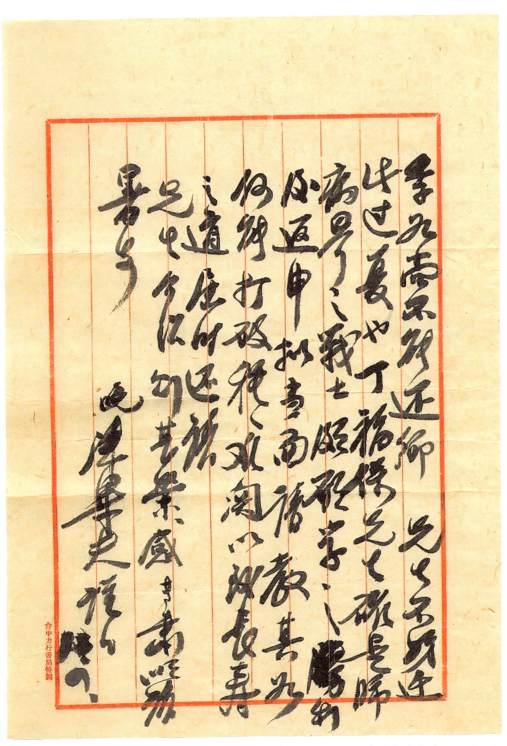

陈果夫致吴稚晖函（二）

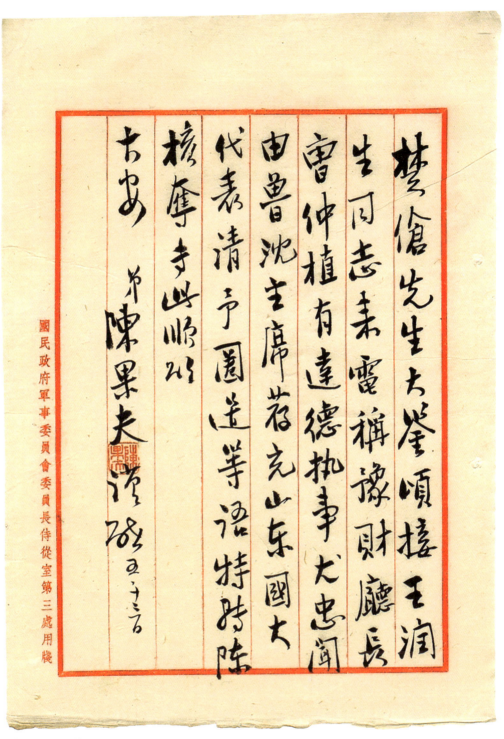

楚伧先生大鉴顷接王润
生同志素电称豫财厅长
曾仲植有达德执事尤忠闻
由鲁沈主席荐克山东国大
代表清予圈选等语特时陈
核夺寺此顺叩
大安
弟 陈果夫 謹启 五、十三

國民政府軍事委員會委員長侍從室第三處用牋

陈果夫致叶楚伧函

中國國民黨中央執行委員會組織部用箋

（廣州市大東路舊省議會）　（電話總局八十三號）

第一頁

敬啟者據路委員友于調查報
告經遠區執行委員僅餘吉雅
泰人工作不能進行該遠區執
行委員會應行解散茲委派焦
守顯路作霖劉遠致紀亮麟
祥先健中等六人組織遠特
別區黨部籌備委員會委員進
行改組事宜幷指揮一切黨務

中華民國　年　月　日

陈果夫致中国国民党中央秘书处函（一）

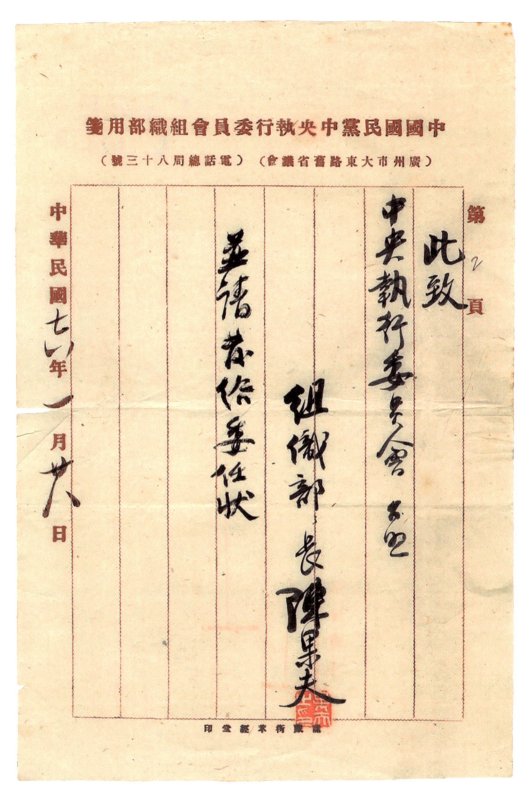

陈果夫致中国国民党中央秘书处函（二）

朱家骅

朱家骅（1893-1963），字骝先，吴兴人。毕业于德国柏林大学，哲学博士。曾任教于北京大学。后历任国民政府教育部长、浙江省政府主席、国民党中央组织部长等职。

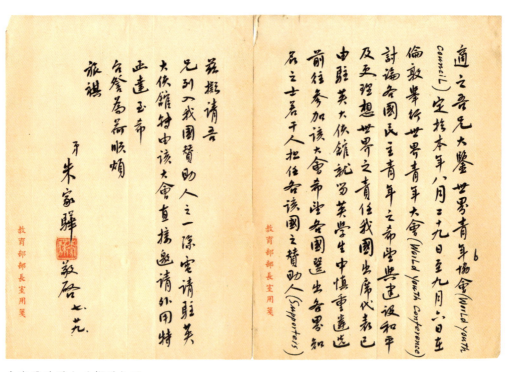

适之吾先大鉴世界青年协会(World Youth Council)定拟本年八月二十九日至九月六日在伦敦举行世界青年大会(World Youth Conference)讨论各国民主青年之希望与建设和平及更理想世界之青任我国出席代表已由驻英大使馆就英学生中慎重遴选前往参加该大会希望各国遴出多知名之士若干人担任各该国之赞助人(Supporters)

兹拟请吾先列入我国赞助人之一除电请驻英大使馆特由该大会直接邀请外用特

此达并希

台鉴为荷顺颂

旅祺

弟 朱家骅 敬启 七九.

朱家骅致适之（胡适）函

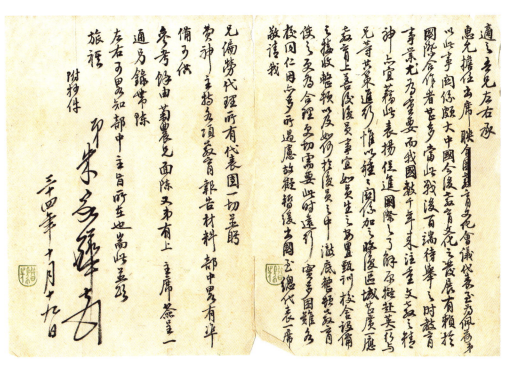

朱家骅致适之（胡适）函（一）

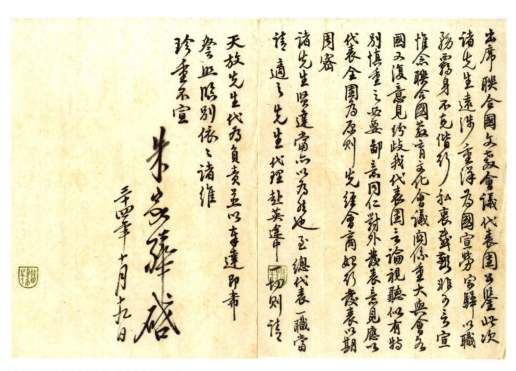

朱家骅致适之（胡适）函（二）

适之吾兄大鑒 我國参加倫敦聯合

國教育文化會議代表團赴英之前本

部遵具預算計美金捌萬壹仟伍佰

捌拾陸元陸角肆分呈請行政院核發

當代表團出發之時是項預算尚未經院

令核室為代表團未能在此期候即在本

部所存之留學生出國旅費項下暫墊美

金捌萬壹仟伍百捌拾陸元陸角肆分嗣

奉行政院核室是項預算為美金陸萬

捌仟肆百柒拾式元當即向部通知湯秘

書吉未依照院令核室數目間支現在院

撥之該團經費已撥部縣墊尚欠之美

金壹萬壹仟壹百壹拾肆元陸角肆分

兄家驊存之該團餘欵兩萬美金肉撥

淮本部縣墊以免出國學生之旅費擬

撥補在

朱家骅致适之（胡适）函（一）

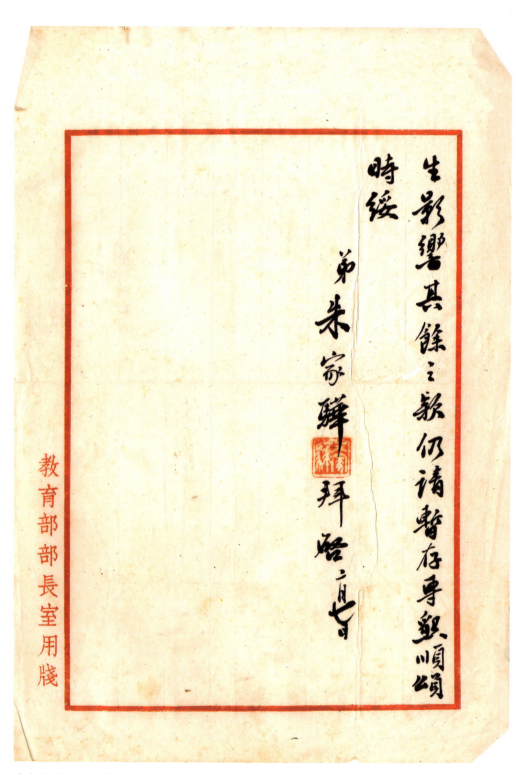

生影響其餘之款仍請暫存專與順頌

時綏

弟 朱家驊 拜啓 二月七日

教育部部長室用牋

朱家骅致适之（胡适）函（二）

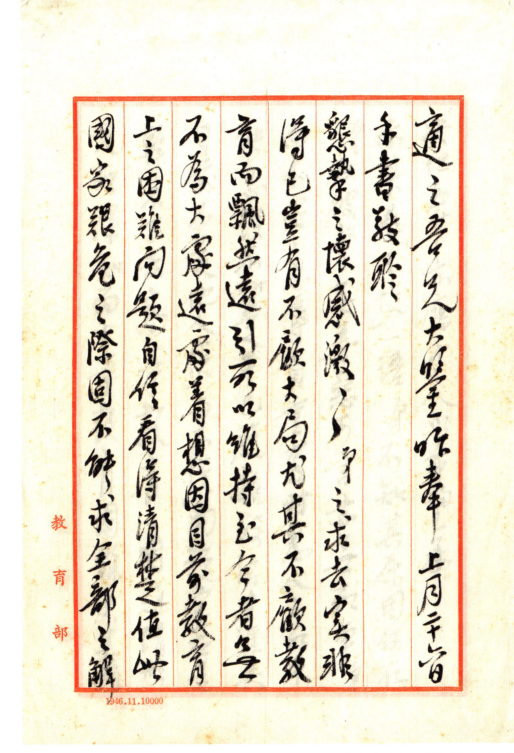

朱家骅致适之（胡适）函（一）

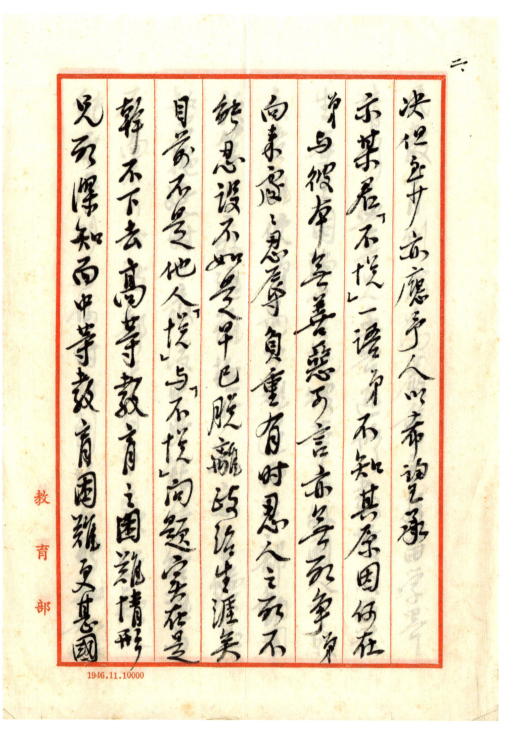

朱家骅致适之（胡适）函（二）

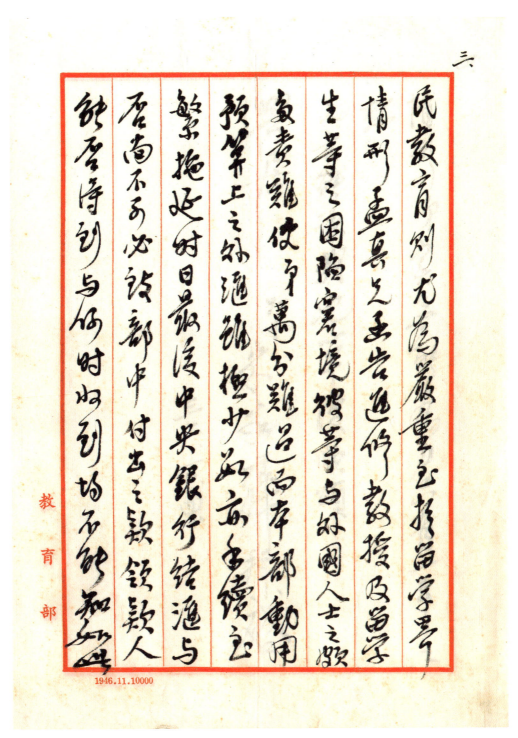

氏教育則尤為嚴重至於留學界

情形盍真之至豈進行教授及留學

生等之困陷窘境從事與我國人士之欲

負責難使予萬分難過而本部動用

預算上之好迴避抱妨政府續立

繁拖延時最後中央銀行結匯與

尚南不可必該部中付出之款銀人

能否得到與何時收到均不能知如弟

1946.11.10000

教育部

朱家骅致适之（胡适）函（三）

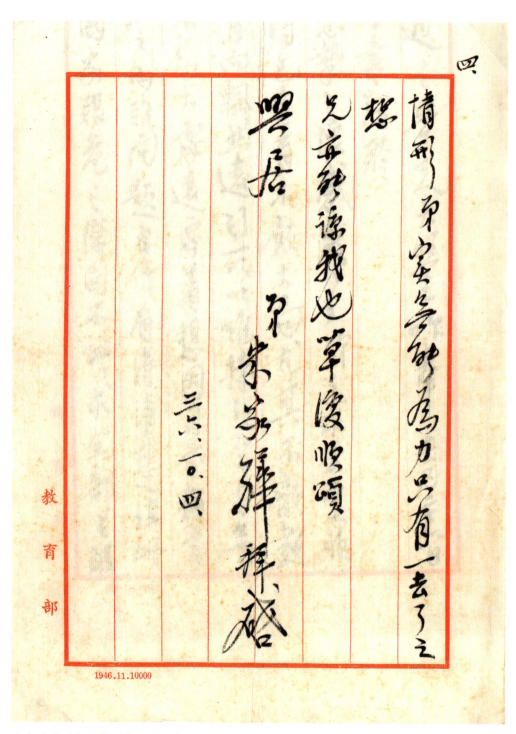

朱家骅致适之（胡适）函（四）

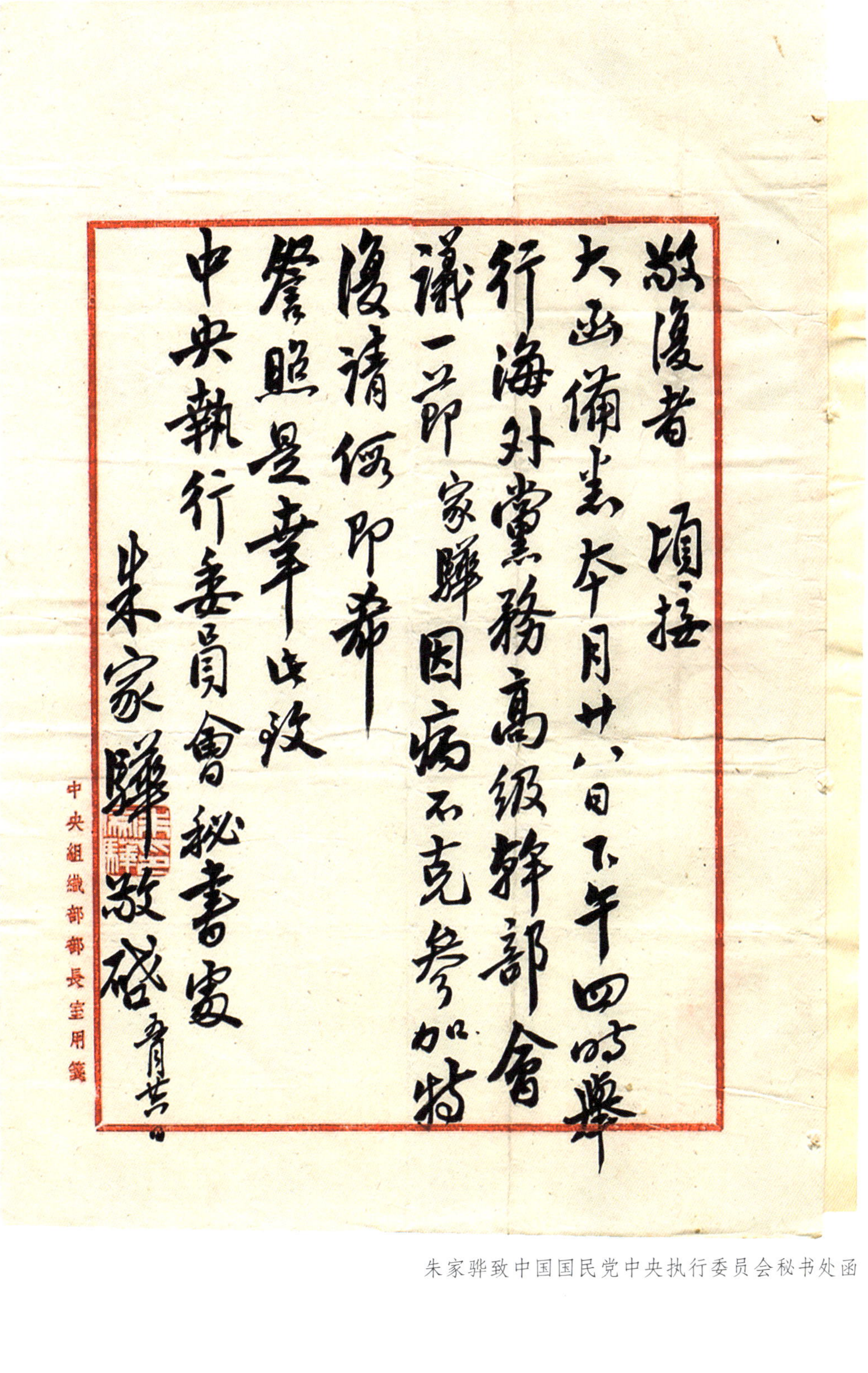

敬復者 頃接
大函備悉本月廿八日下午四時舉
行海外黨務高級幹部會
議一節 家驊因病不克參加特
復請 原即希
詧照是幸 此致
中央執行委員會秘書處
朱家驊敬啓 三月廿日

中央組織部部長室用箋

朱家骅致中国国民党中央执行委员会秘书处函

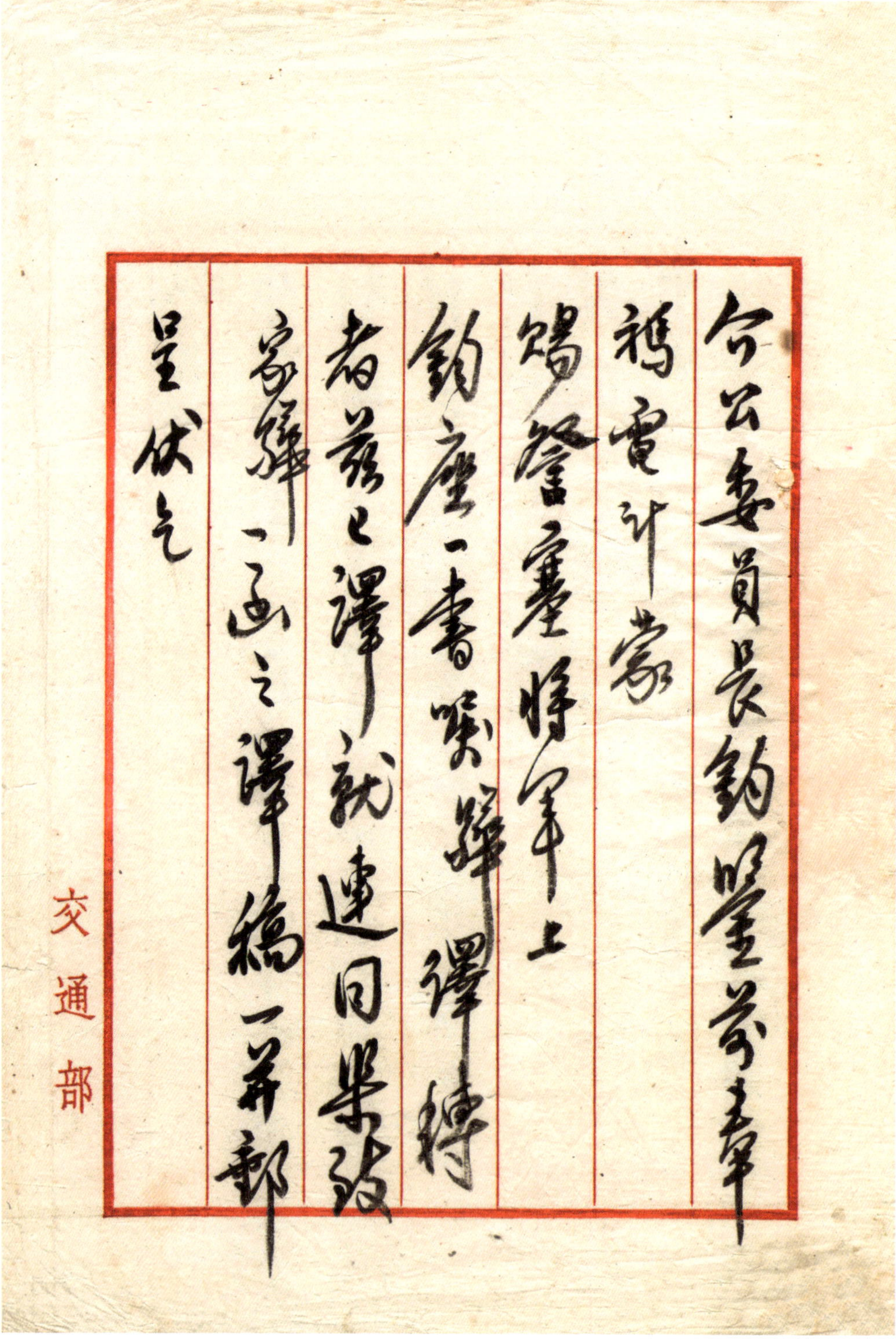
介公委員長鈞鑒：前奉
禡電，計蒙
賜詧。塞將軍上
鈞座一書，囑驊譯轉
者，茲已譯就，連同原致
家驊一函之譯稿一并郵
呈，伏乞

交通部

朱家骅致蒋介石函（一）

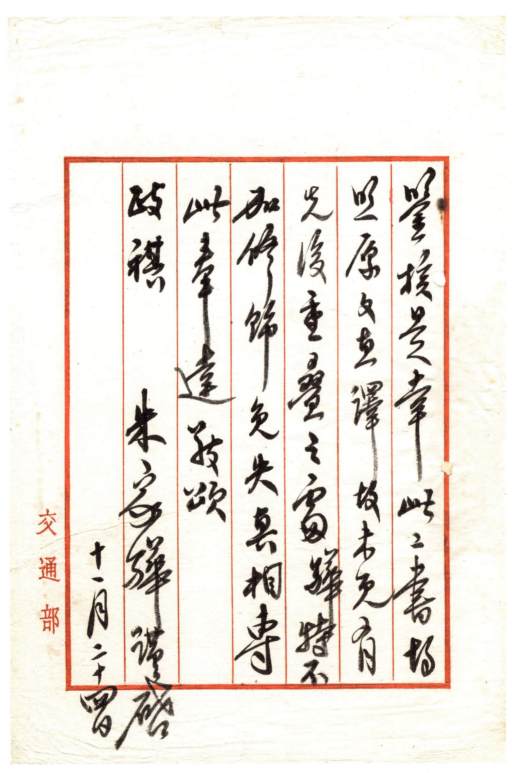

鉴核总章此之普告
照原文立译故未免有
先复重叠之甚骅特不
加修饰免失真相专
此奉达敬颂
政祺
　　朱家骅谨启
　　十二月二十曾

交通部

朱家骅致蒋介石函（二）

张乃燕

张乃燕（1894－1958），字君谋，吴兴南浔镇人。张静江侄。留学英国、瑞士。历任国立中央大学校长、国民政府建设委员会副委员长、驻比利时公使等职。著有《世界大战全史》等。

介石世兄并赐鉴 敬启者七月之初接南
京特别市党部函知本市举行登记
以五月廿四日西九日为故大学员生党员登
记之期 其时通任济案发生全校员生
情殷救国终日开会 且职务所羁维
荄指导 无暇兼往登记 西五月八日止
期将届（后知登记截止期在五月廿五日西当
此则丰知之以身来立院分区规定日期如此云

张乃燕致蒋介石函（一）

該區規定之期為限）是日並通患候痛
急欲就醫爰撥欠先返市臺部入内
填表順便西夜歸橫趙士屆醫師寰
就診滿撥迅連填就卯行就診以便
診畢後回核辦公証接閲臺表内科
多頃且須填寫办修雖而填者多為
臺三士帝識西預計全體填就并经口詢
（因欠他人均須排候口詢）必雪示时以工经將

张乃燕致蒋介石函（二）

方教項填寫後正擬俟填素因矮痛
頗劇不能支持意謂緩兩可俟
填逾得臺表交與市臺部職負急赴
趙醫師家醫屆曾對職負聲明如
如項填滿容二次每未等語後始知此
項臺表填寫以一次為限兩事今實未
奉明告乃市臺部不察事實之故障
往執一時之形式以看並石明臺義故不

张乃燕致蒋介石函（三）

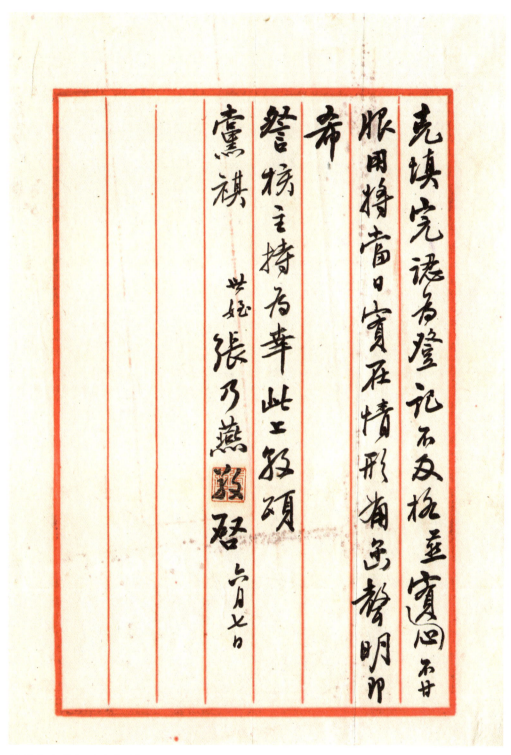

克填完速为登记及格立案实四不廿

眼用将当日实在情形有所声明叩

希

誉校主持为幸此上敬颂

鼂祺

世妹 张乃燕 敬启

六月七日

张乃燕致蒋介石函（四）

陆志韦

陆志韦（1894-1970），吴兴南浔镇人。毕业于美国芝加哥大学，哲学博士。语言学家、心理学家。曾任燕京大学校长，中华人民共和国成立后任中国科学院哲学社会科学部委员。著有《古音说略》《诗韵谱》等。

志摩我兄。一晃好幾個月不見了。日昨小爺去硼出
于鏡相向幸未實行否則真是「不了的了」。今天悶極
讀書不成。錄旧詩三章、一則即景、二則為德群
悶况，或者您並不悶，我自己抄寫些靜坐一刻也好。
有機會轉呈 適之先生看々。這幾章詩名曰新
年々其實並非我們士人開店店戸不售客者的新年
所說恐怕未必近情。但就我所見、貼在店門上的、磨盤
上的、彷彿都是這一濫的話。

　　　　　　　壬子冬 陸志韋
　　　　　　　南京鼓樓西

陆志韦致徐志摩函

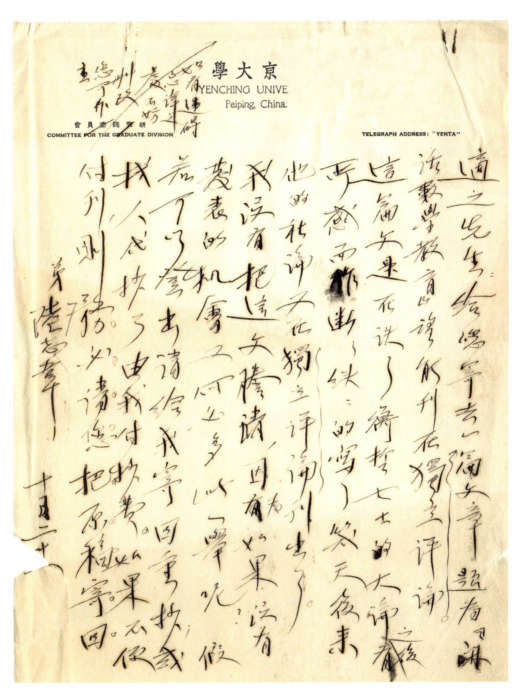

京大學
YENCHING UNIVE
Peiping, China.

COMMITTEE FOR THE GRADUATE DIVISION　　　　　TELEGRAPH ADDRESS: "YENTA"

适之先生：给鸣宁志一篇文章，题着可请
诸数学教育的，能刊在独立评论。
这篇矢述了侨哲七士的大论之后
更感而作断～缺～的写～终天后末
他的礼论不在独立评论刊出。
我没有把这矢腾请，因有好果没有
製表的机会，又何必多此一举呢？
若了了吾请给我宁回自己抄。
我没有抄费，由我付抄费。以果不依
我以成抄了，请您把原稿宁回。
付刊则务必请您

弟陆志韦
十一月二十一

陆志韦致适之（胡适）函

199

胡世泽

胡世泽（1894－1972），字子泽，寿增，原籍吴兴。胡惟德子。外交家。毕业于法国巴黎大学，法学博士。历任国民政府驻瑞士公使、外交部常务次长、"联合国副秘书长"等职。

Bibliographie pour la procédure et les amendements au Pacte.

Hoijer, Olof : Le Pacte de la Société des Nations, 1926.

Miller, David Hunter : The Drafting of the Covenant, 2 vol., 1928.

Ray, Jean : Commentaire du Pacte de la Société des Nations, 1930.

Schücking und Wehberg : Die Satzung des Volkerbundes, Vol. 1, 1931.

Yepes et Pereira da Silva : Commentaire du Pacte de la Société des Nations, 1934.

Barandon : Système juridique de la S.d.N. (1933).

Kurz : L'article 11 du Pacte de la S.d.N. (1933).

Conwell-Evans : The League Council in Action (1929).

April 9th, 1937

My dear Teh Chuan

Here are the titles of books dealing with the questions of the procedure for amending or interpreting the covenant. You ought to consult also the League document embodying the replies of the governments concerning the reform of the League. You have that document in Davis.

Please give the enclosed letter to Dr. Kuo.

Yours sincerely
V. Hoo

胡世泽致 Teh Chuan 函

PERMANENT OFFICE
OF THE CHINESE DELEGATION TO THE
LEAGUE OF NATIONS.

Geneva
Dec. 16th, 1957

My dear Teh Chuan,

I am sending you a copy of an impertinent letter from Sottile and of my reply to it. It was really not worth while publishing Dr. Kuo's Assembly speech in Sottile's Review of International Law as everybody knows that ~~to settled~~ all the articles published there are paid by their authors, so the publishing of articles

胡世泽致 Teh Chuan 函（一）

there makes on the contrary
a bad impression. At the
assembly meetings Ottile
is always selling his
vote by asking for money
for his review.

Yours truly

V. Hoo

胡世泽致 Teh Chuan 函（二）

Conf. 6   May 18 05.

Dear Teh Chuan,

Dr. Koo asked me
to draft a reply to
the Ethiopian delegate.
As I have meetings of
the Opium Committee I
drafted the reply during
a meeting. Please have
it copied and submitted
to Dr. Koo. The ethiopian
delegate did not put
his address on his letter.
He has left Geneva, so the
safest thing to do is to send
our reply to the London or
Paris ethiopian legation, if there
is still such a legation.

V. Hoo

胡世泽致 Teh Chuan 函

PERMANENT OFFICE
OF THE CHINESE DELEGATION TO
THE LEAGUE OF NATIONS

22nd December

My dear Teh Chuan

Please give the enclosed letter and annexes to Dr. Kuo at his earliest convenience, because the Dr. is expecting a telegram from him on this matter.

Yours sincerely

V. Hoo.

胡世泽致 Teh Chuan 函

潘公展

潘公展（1894-1975），原名有猷，字干卿，号公展，吴兴人。著名报人。创办《晨报》《新夜报》，并曾任国民党中央宣传部副部长、《中央日报》总主笔、《申报》董事长等职。

上海學生聯合會日刊社啟事箋

上海學生聯合會日刊社啟事箋

適之先生：

自昆先生到京後，時勾通過多少信，化到此後此九此，真搭太息。我廣要寫信給先生，實因煩恼十七，但何一懷想，先生來你並福在目前。

蒙回我同先生说过，把到此大讀書後，回苏後中寄去七忙，無暇科理家事，明既未及辩搞此乃遂我志忘，玉人了

福以为憾，但我学之尚未堂，今全無地蒙。味你自悟君，还七详迷我此小遇，行之三條途径而加根于北京於此大。因留恋之机会之錯過，私费又無方，留临纽了勤工俭学，不一则部省临文纯勇起。爐燃三刻我身的恐石，圖于勤工所以，祇者田田和學一途。此京大世為我田亂高之学贈，我同起身辰其境，親愛先生

潘公展致適之（胡適）函（一）

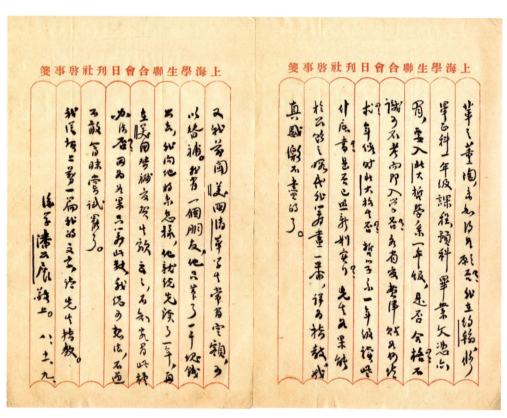

潘公展致适之（胡适）函（二）

世界書局查社底回信和先生底揭示，都早送去。

這幾天内因為多忙，先把兒性教育譯好的舊

稿整理一下，抄上一章，計約十三張，字約七萬四

五千。請先生等先抽空看一看，這一本關

於兒性的譯作，可否搜入叢書之列？原著因

出本原，且不寄上。先生如以為可，池即鈔復，

適之先生、

好原稿仍然寄還，就于明其餘各章整理

潘公展致适之（胡适）函（一）

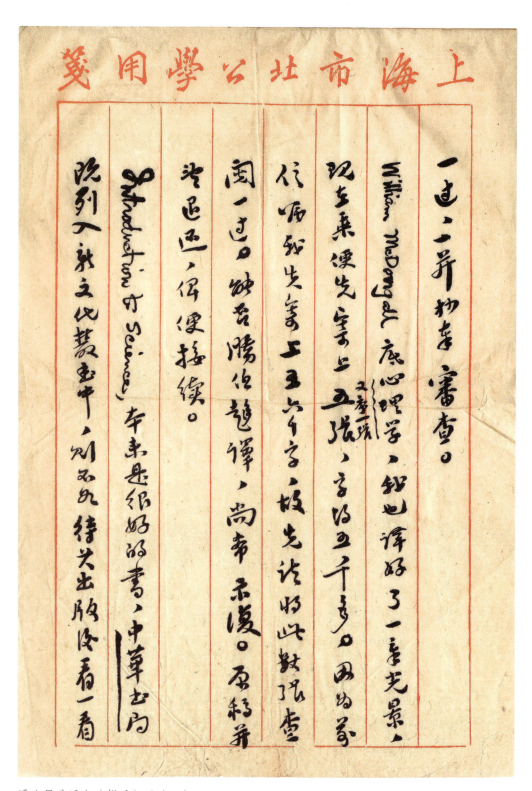

一直不并物亦审查。

William McDougall 底心理学，钮也译好了一章先景，

功夫专来便先寄上五張，言约三千多。因此等

作陆续先寄上三六千字，故先诊的此教张查

闽一边，独吾赠伯趟译，尚未未复。原稿并

兹区区一俟便接续。

Introduction to Science 本来是很好的书，中華书局

院列入，欢文此甚至中一则不见，待关出版後看一看

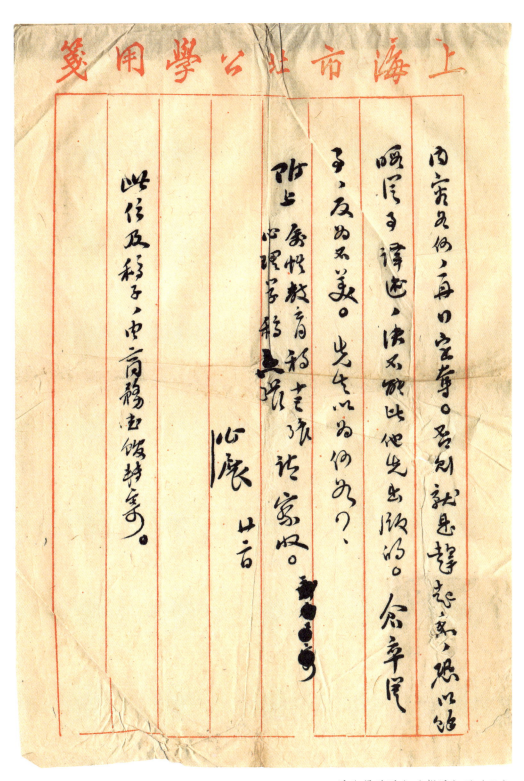

上海市北公學用箋

內容及何以再四宣傳。吾刘就是聲志之，恐以飴

睡眠子，譯述，決不肯以他他先出版的。余幸民

子，反而不美。先生以為何如？

附上，家慈教育稿言派，諸宗收。

心頭字跡太壞，此上

心展 此告

此信及稿子一中育駕迌特奉。

潘公展致适之（胡适）函（三）

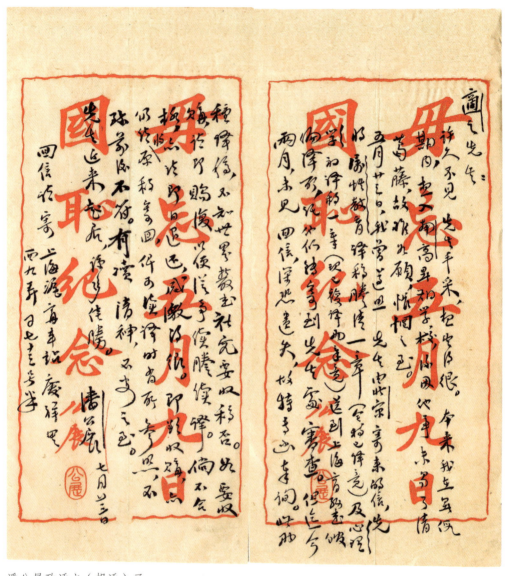

潘公展致适之（胡适）函

上海市教育局用箋

介公委員長鈞鑒奉讀

鈞座皓午概贛電敬悉

鈞電謂晨報指責外交當局諒係指

今月十六日評論「毋隔日有外交之附」

一篇而言此外近月來對外交言

無批評亡劾此偶而言指柯戟不免

率直但用意似与

政院去石表松不摩國「之宣言原則

潘公展致蔣介石函（一）

篒用局育教市海上

似不相去甚遠溯自華北談判以還
外商侍优莫衷一是而卅為厚宝軍
事範圍以内之事件尤多以關之秘
密滬上而名為多方防免得知他方少
數不肖政客武人或恃以此為藏口
對中央肆意攻訐故足愛護中央者
辱顧鑑其忠誠于昔形于言之等
有所貢献觀於滬市商会之電文

潘公展致蒋介石函（二）

上海市教育局用箋

可見一斑暨報之場主者面上為服務

公司一萬通之報館內實際上又壹人

皆知為与中央有相為關係之報館

故立言似心存愛護刊登方晚欲

壹其獻曝之忱又須不遲

中央之意六司时何擬設法避免模

閱報之名稱投苦心設計頗有此報乎

婉陳之評倫荘诸妫該属评妈字裏

潘公展致蔣介石函（三）

行向為中央談話向社會發表辦者多

用紅筆標明凡此泚句均為芟科

酬之處使覽者無形中覺浮華

此談判若非不當言也知可談判以減

經中央一兩負之責任兼玉日本外交之機

計劃我中央執行及

鈞座籌之已詳為弟庸贅陳偬之景

報決東一貫主張左

潘公展致蒋介石函（四）

上海市教育局用箋

鈞座揆舉之下益臻 議論而同叶力迸
樵閩報之形式以增致率 今囑局
變化尤暢
鈞座對於內外大事招行之論之方針
時之密電先示俾有遵循函術
函補書面孜請
鈞安
　　　　戎 潘公展 敬啟 十月廿三
附剪報一件

潘公展致蔣介石函（五）

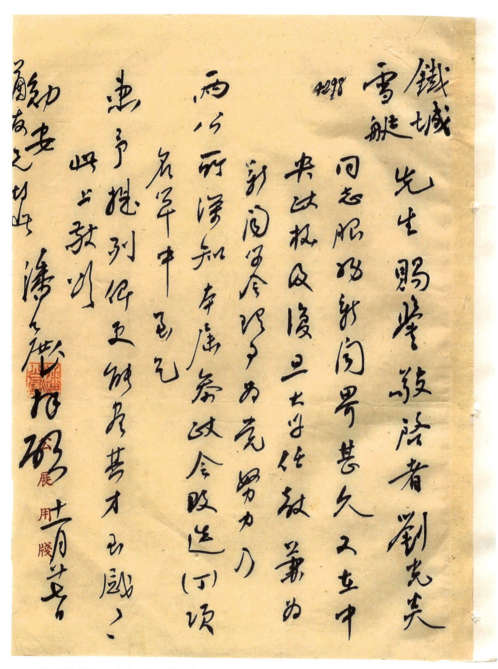

潘公展致吴铁城、雪艇（王世杰）函

闓□□十二

十·廿七·登

鐵公賜鑒閱雍熊（靜齋）兄於民國八年曾街

總理命赴古巴辦理黨務創辦本黨民聲日

報創主古巴總支部筆業務頗著成績計居

古巴將及四年民十八年復赴美任芝加哥支

部執行委員為本三民晨報天約兩年經計

先後在中南美洲居留六年之久對本黨貢獻

固大對居留地僑民情形尤為熟悉茲擬參

加四屆參政員候選據其優陞與此次修正國

#88

公展用牋

潘公展致吳鐵城函（一）

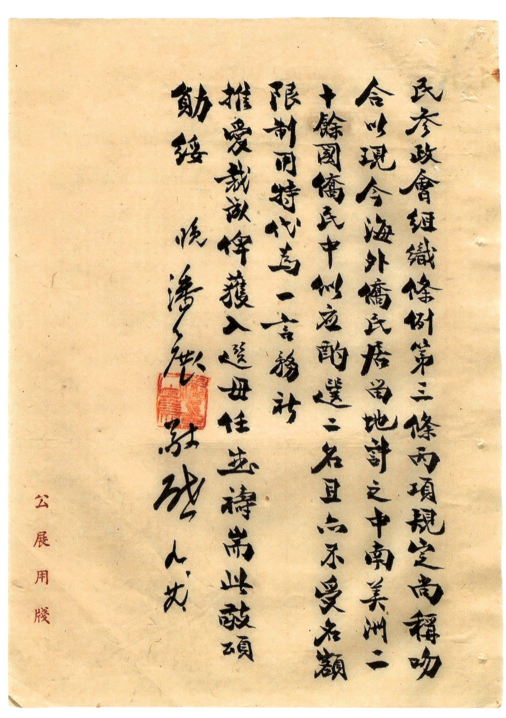

民参政会组织条例第三条两项规定尚稱吻
合以现今海外侨民居当地皆之中南美洲二
十余国侨民中拟应酌选二名且亦不受名额
限制用特代为一言稿祈
推爱裁成俾获入选毋任盼祷耑此敬颂
勋綏
　　晚 潘公展　敬启 九月

公展用牋

潘公展致吴铁城函（二）

胡宗南

胡宗南（1896-1962），原名琴斋，字寿山，孝丰（今安吉）人。黄埔一期毕业生，国民党陆军一级上将。历任第 34 集团军总司令、第一战区司令长官等职，长期驻兵西北。著有《宗南文存》。

经国弟：

这一次你们冒了危难，飞临了西昌，使我们非常感奋！ 你说：失败是历史的阶蒸，而不是历史的结束，这对我个人的启示，非常深刻。在会报席上，你以忠实坦白不保留的态度，督责诸同人，这对我们幕僚的启示，非常伟大。 此行，你是成功的。 我今天致以至诚，向你道谢！

湖宗南致蒋经国函（一）

至一師武器運輸，方未開始，
盼即催促，至修械人員、修械的工
具、材料，亦盼你代為主持督促
至盼！專此奉托。敬祝

健康！并叩

年禧！

　　　　　　　　胡宗南上
　　　　　　　二月十日西昌。

徐恩曾

徐恩曾（1896-1985），字可均，吴兴人。早年留学美国，电机工程专业。CC系成员，曾任国民党中央执行委员会调查统计局局长。

徐恩曾

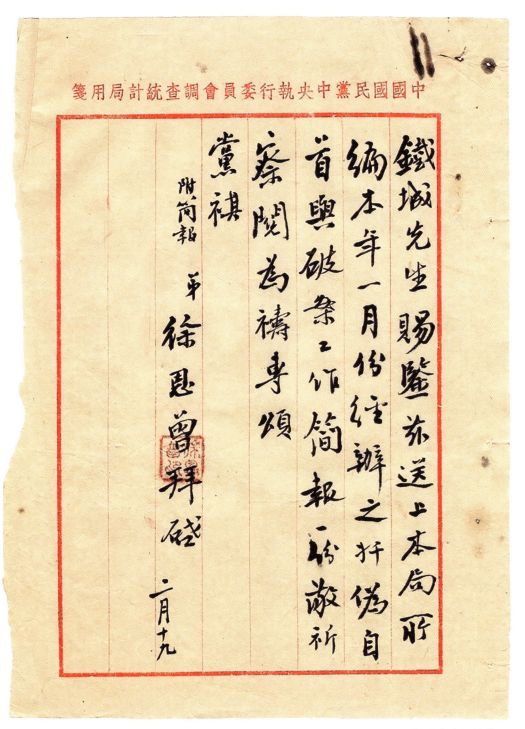

鐵城先生賜鑒茲送上本局所

編本年一月份經辦之抒偽自

首與破案工作簡報一份敬祈

察閱為禱專頌

黨祺

　附簡報

　　　　弟 徐恩曾拜啟

　　　　　　　二月十九

徐恩曾致吴铁城函

225

正隨函奉上……十五三、

鐵城先生賜鑒 童香港陳季博同志 1307

此有意回國服務 曾由本局以詳情奉達

旋承

尊囑予以援濟 適以電匯國幣貳萬元交

港站特致去滬 適因港站被敵破獲 陳同志

亦被牽連傳訊 被敵監視 被迫出任敵港

區政西中央區長 頃據本局駐澳門負責人報

恩曾用箋

徐恩曾致吴铁城函（一）

兹陳逆應敵華南海軍武官府囑記肥浹武

以六佐之囑來澳試探和平空氣引動延為

荒謬應以何應付请核示甘情查陳同志前

在港時對於本局作確曾极力维護此次為

環境既迫谅於本關現拟餉澳站於陳下次來

澳時设法勸其歸國並助其脱離虎口或仍令

陳同志在港与敵週旋籍為作上之掩護為

恩曾用箋

徐恩曾致吴铁城函（二）

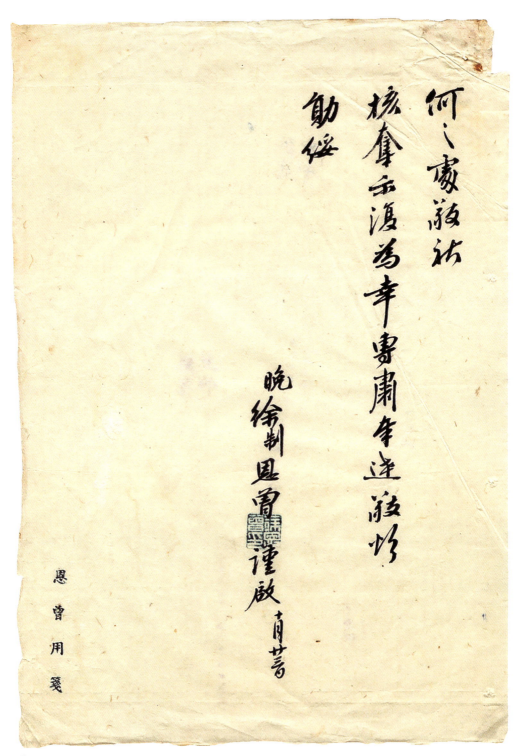

何之虑欤祈

核夺示复为幸肃牵迓致忱

勋绥

晚徐制恩曾谨启 六廿三

恩曾用笺

徐恩曾致吴铁城函（三）

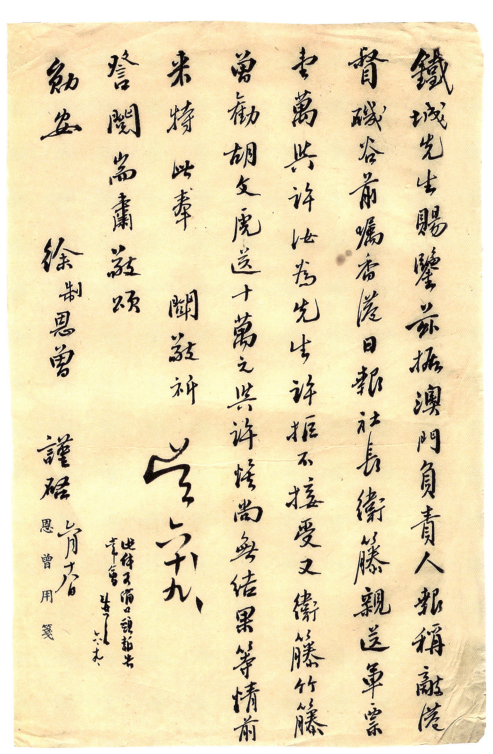

鐵城先生賜鑒：茲據澳門負責人報稱離港

督礦谷前囑香港日報社長衛氏籐親送車票

并萬與許此為先生許拒不接受又衛氏籐竹籐

曾勸胡文虎送十萬之與許情尚多結果等情前

來特此奉　聞敬祈

詧閱為荷　敬頌

勳安

　　　徐恩曾　謹啟　月十日

徐恩曾致吳鐵城函

先生常念及盖擬為之浚

鐵城先生賜鑒 邇邦殿邦由港到澳稱許汪為

先生敝亞欲利用情許不甘休傀儡恒對敵言如敵

自動退出中國領土當出之張和平態度低強敵

藝可為何許現況甚若常檢陳維周接濟等語現

許屬境可憫而低強除託鄮轉知中央眷念之意

外擬請簽當書局一次巷給救濟費若干託

鄮密轉鄮定二百前發返港 等情耑東特

恩曾用箋

徐恩曾致吴铁城函（一）

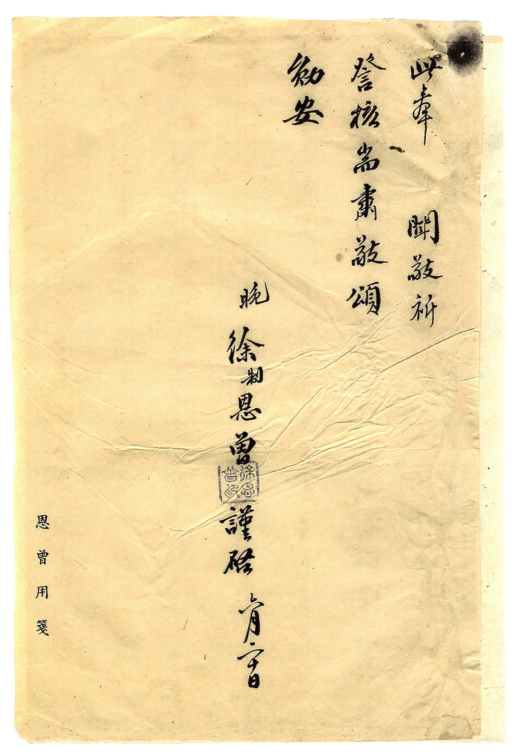

此奉

闻敬祈

誉祝崇绥敬颂

勋安

晚 徐恩曾 谨启 肖冬

恩曾用笺

徐恩曾致吴铁城函（二）

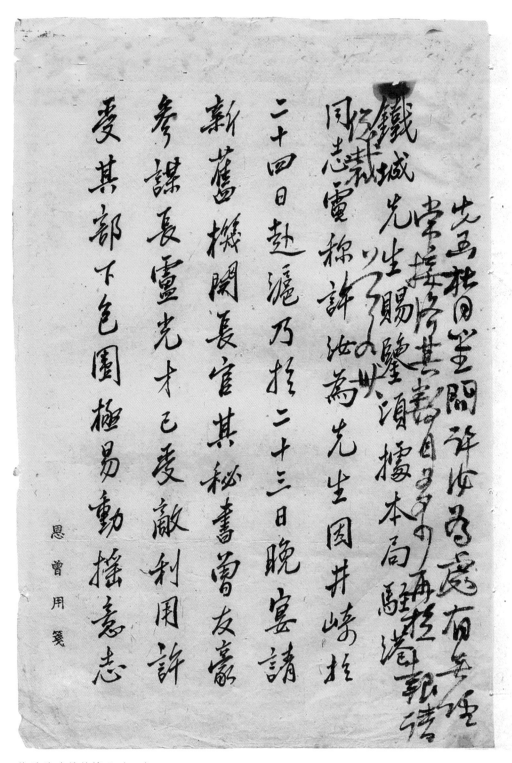

铁城

先生五枉皆閒許皆再處有委隨

同志電稱許逆如為先生圆井峙拯

二十四日赴滬乃找二十三日晚宴请

新舊機關長官其秘書曾友豪

参謀長盧光才已受敵利用許

受其部下色圖極易動搖意志

恩曾用箋

徐恩曾致吴铁城函（一）

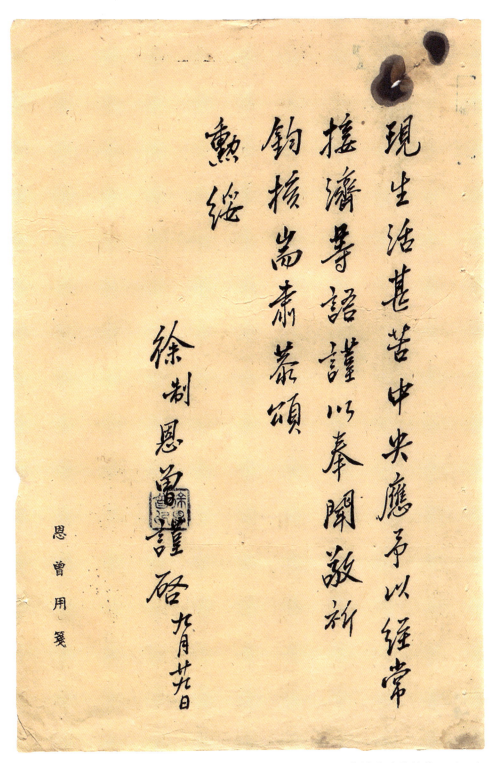

现生活甚苦中央应予以经常
接济等语谨以奉闻敬祈
钧核尚希荼颂
勋绥

徐恩曾谨启
恩曾用笺

制恩曾谨启九月廿九日

徐恩曾致吴铁城函（二）

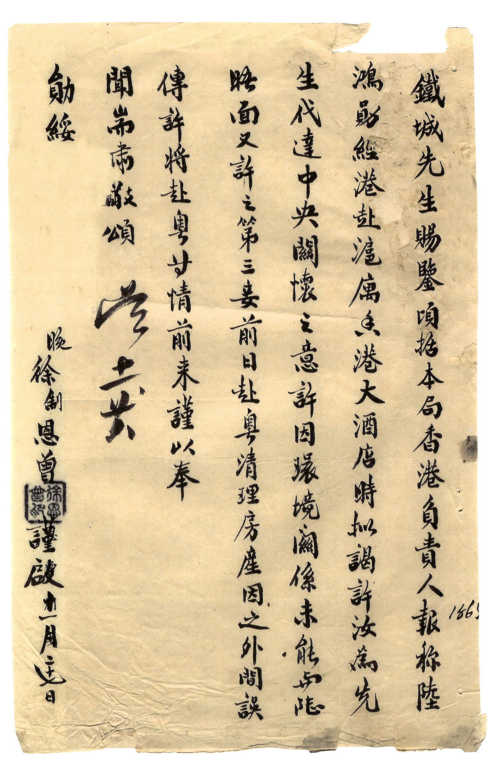

鐵城先生賜鑒頃據本局香港負責人報稱陸

鴻勛經港赴滬寓東港大酒店特擬謁許汝爲先

生代達中央關懷之意許因壤境關係未能安陛

晤面又許之第三妻前日赴粵清理房產因之外聞誤

傳許將赴粵廿情前來謹以奉

聞耑肅敬頌

勛綏

晚

徐恩曾謹啟十一月元日

徐恩曾致吴铁城函

楚傖先生賜鑒裴鳴宇同志對黨貢獻甚大

在山東信仰亦極好國民大會初選魯者代

表聞已當選複選如何尚在未知將来指定

時務懇

賜助玉成實深厚韋常此祇頌

勛綏

晚

徐恩曾謹上

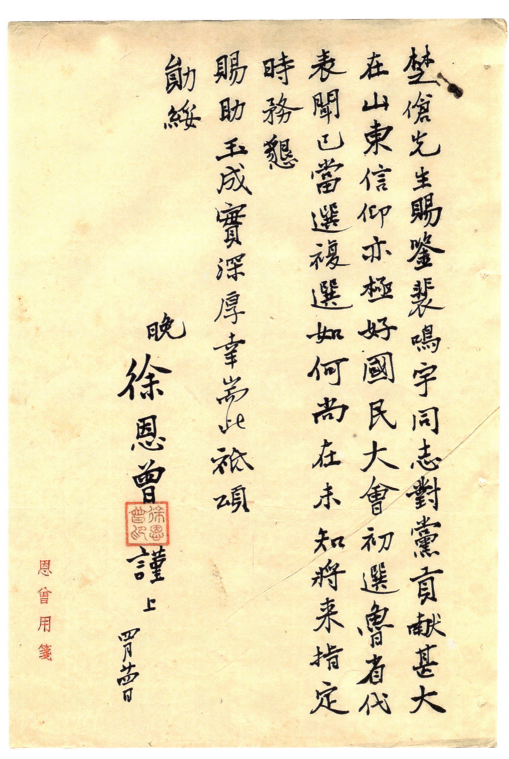

恩曾用箋

四月曾

沈百先

沈百先（1896-1990），字在善，吴兴人。水利学家。毕业于美国爱荷华大学，水利工科硕士。历任国立中央大学水利工程系教授、国民政府导淮委员会副委员长等职。编有《中华水利史》。

溪口鎮附近水利工程初步計劃節略

一、溪口對岸護岸工程續建八〇五公尺需
工程費折合稻谷七千石現由省府墊撥
二千石交浙江水利局先行興工一面向中
央請撥一千七百元（按照稻價最近時值
折祘）俾竟全工

二、在溪口鎮下游上峯頭附近建一活動壩
使上峯頭至藏山大橋間枯水時期之

水位維持最小水深為三公寸（在文昌

閣附近水面約可抬高二公尺左右）活

動壩之一端建築船閘一座以便航行

現正測量地形鑽探地質以供設計

參考

三、整理剡溪自下蹕駐至藏山大橋及上

峯頭至江口間之水道以利航行現正

查勘計劃中

沈百先致蒋介石函（二）

四、亭下附近環潭村建蓄水庫興辦水

力發電供給溪口鎮縣城一帶照明及

動力之用其尾水兼可利航灌溉正計

劃中

五、關於測量工作由水利示範工程處測

量隊（現駐奉化城內）辦理鑽探地質工作

由浙江水利局辦理研究設計工作由淮河

水利工程總局（現借浙江水利局餘屋辦

沈百先致蔣介石函（三）

239

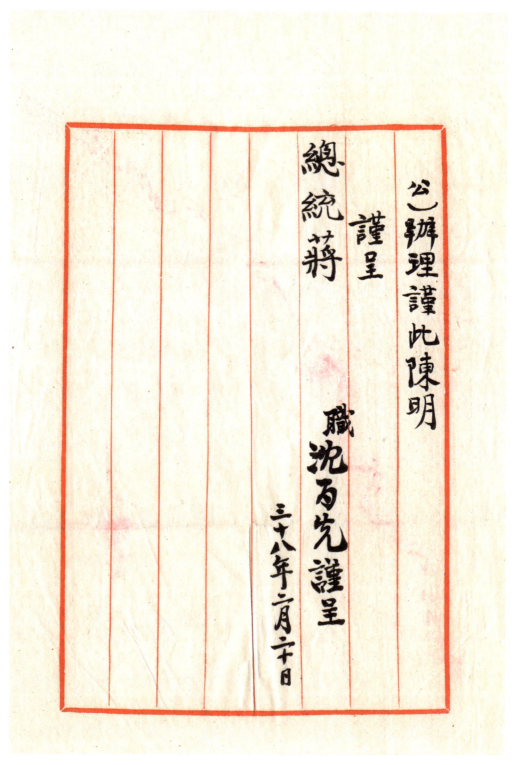

沈百先致蒋介石函（四）

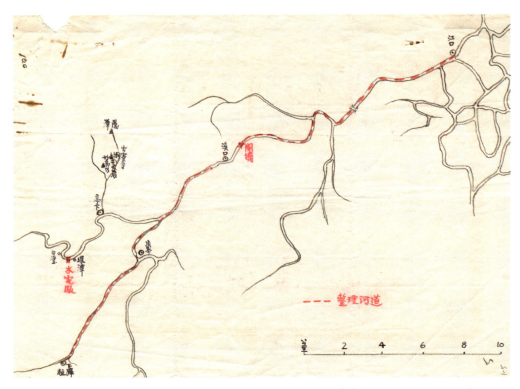

沈百先致蒋介石函（五），附水利河道图

雷震

雷震（1897-1979），字儆寰，长兴人。毕业于日本京都帝国大学。历任国立中央大学法学院教授、国民参政会副秘书长、行政院政务委员等职。著有《雷震论文集》《制宪述要》等。

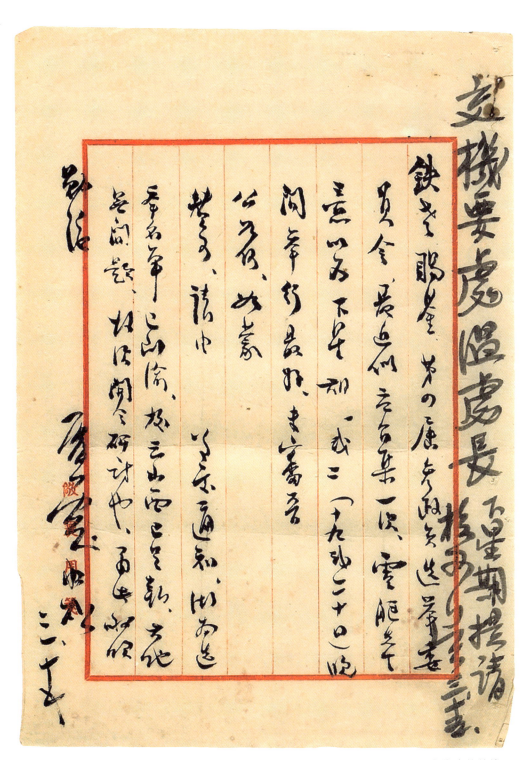

雷震致吴铁城函

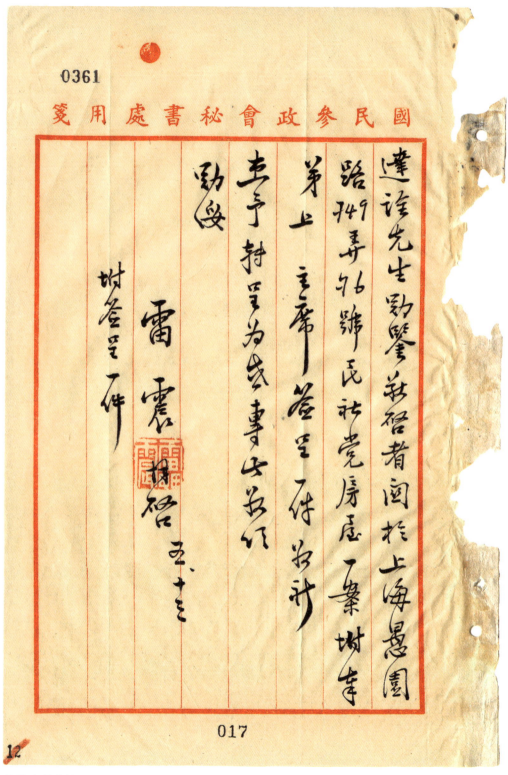

雷震致吴鼎昌函

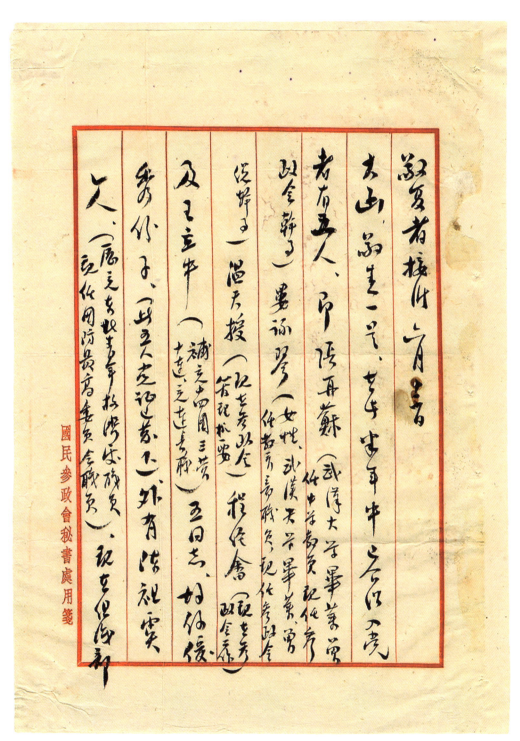

敬覆者接什六月三日書

大山品書二册、本卑在年中京區入党
者有五人、尹瑞再蘇（武漢大学畢業党
部令辭了）要詠琴（女姓、武漢大学畢業党
部令辭了）溫廷授（現充參政会
任秘書処要）穆佳舍（現充參
政会秘書処要）五日志、姑於後
及王立中（補充中四月三号
十遠之左奏鹏）外有陸祝雲、
秀任子（此五人充记之奏上）

又（屬之去世者年秋灣吐痰党
充任国防最高委员会職员）、現充保防部

文、（屬之去世者年秋灣吐痰党
充任国防最高委员会職员）、現充保防部

國民參政會秘書處用箋

雷震致佚名函（一）

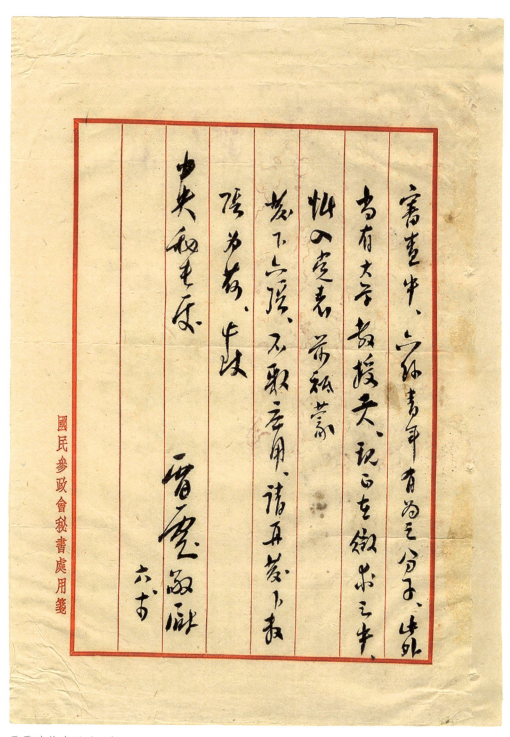

國民參政會秘書處用箋

雷震致佚名函（二）

杨光泩

杨光泩（1900-1942），吴兴菱湖人。留学美国，获博士学位。回国后任清华大学教授。曾任英文版《大陆报》总编兼总经理，抗战期间出任驻马尼拉总领事，1942年被日军杀害。

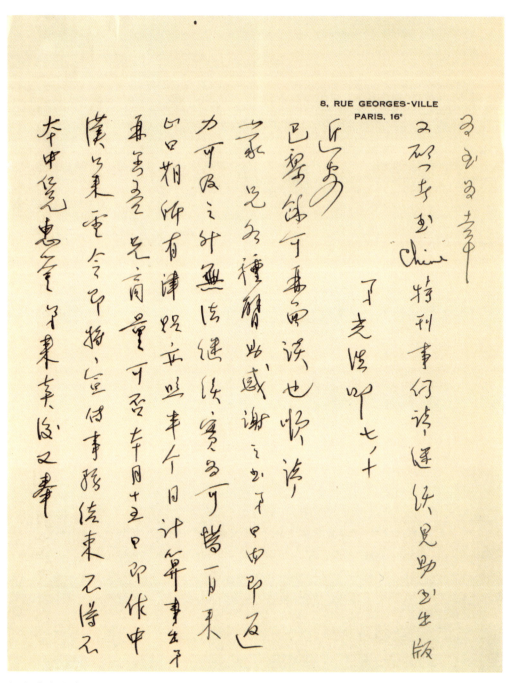

杨光泩致佚名函

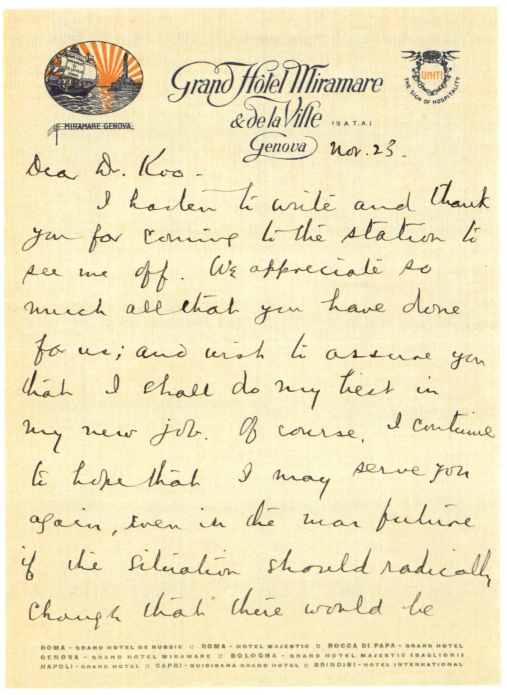

Grand Hôtel Miramare
& de la Ville (S.A.T.A.)
Genova Nov. 23.

Dea Dr. Koo -

I hasten to write and thank you for coming to the station to see me off. We appreciate so much all that you have done for us; and wish to assure you that I shall do my best in my new job. Of course, I continue to hope that I may serve you again, even in the near future if the situation should radically change that there would be

杨光泩致顾维钧函（一）

a Peace Conference or that the forthcoming Assembly in 1939 would be in a position to do something or that there would be a second Nine Power Conference.

The weather is fine and warm here — the boat is still comfortable. I'm sailing in an hour or two.

With my very best regards and thanks again —

Sincerely yours

C. Kuangson Young

杨光泩致顾维钧函（二）

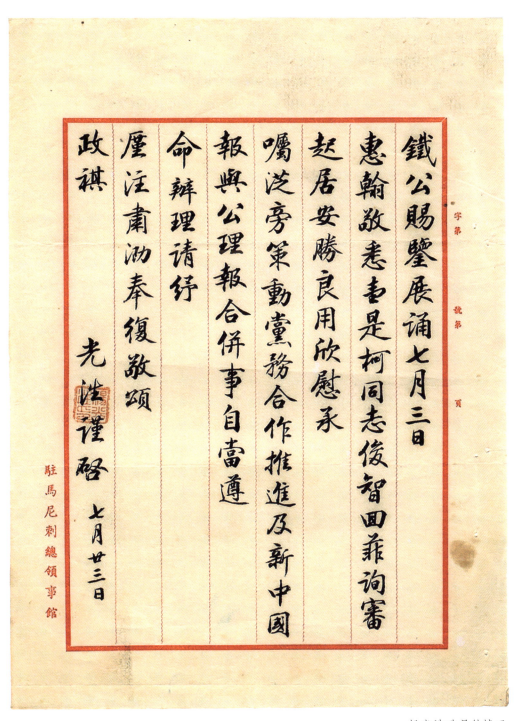

鐵公賜鑒展誦七月三日

惠翰敬悉書是柯同志俊智回菲詢審

趙居安勝良用欣慰承

囑泛旁策動黨務合作推進及新中國

報興公理報合併事自當遵

命辦理請紓

厪注肅泐奉復敬頌

政祺

光洀謹啓 七月廿三日

駐馬尼剌總領事館

字第　號第　頁

杨光洀致吴铁城函

敬鄉秘書長勛鑒頃奉行營譯轉真未渝印

密電一件敬悉英人海淵被鄉已由

委員長轉電竹笙椎總司令設法加緊營救俾

早脫險一案已遵

為函知駐陞英代總領事美相商禹後

警呈鑒乞為勞費荷敬諳

勛安

　　　　　楊先洐謹上　三月

楊光洐致暢卿（楊永泰）函

窃查本报於民国十九年由国人接办後即为党国对外宣传之唯一喉舌机关，议论正直深得外人信仰。迄本年五月间，本报为图充实组织起见内部略予改革聘光泩主持其事。自光泩接收以来，部署经营，候息匝月，刻拟秉承中央意旨，努力对外宣传工作，冀尽言论职责惟值市场不振，各业萧条，经费收入难维现状，迫勿得已，伏祈钧长俯念本报历史悠久情形困难，如以经济支绌，不克尽量发展，似堪悯惜用敢具文恳请鉴核，准于自本年七月份起，每月勷发补助费国币叁仟元，正以资维持，俾得力谋进步，徐收宣传之效，临颖不胜悚惶

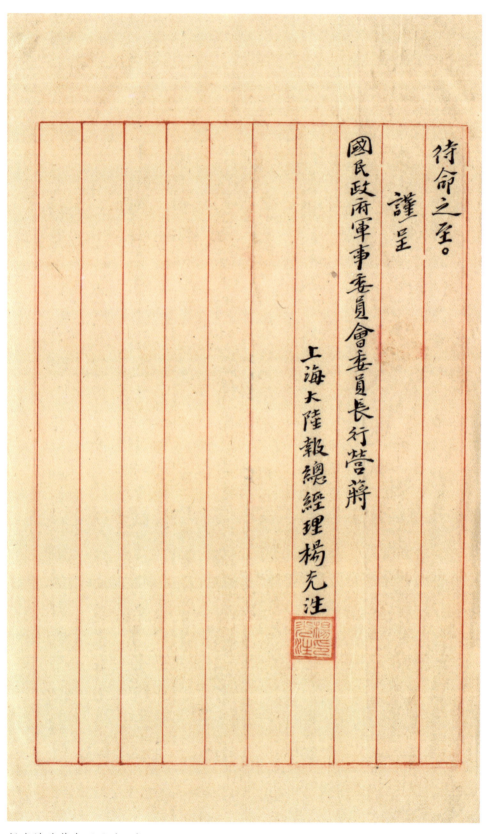

待命之至。

　　謹呈

國民政府軍事委員會委員長行營蔣

　　　　　　　　上海大陸報總經理楊光泩

杨光泩致蒋介石函（二）

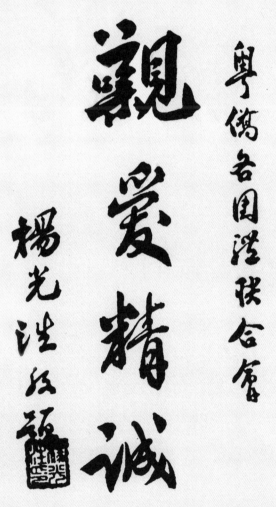

俞平伯

俞平伯（1900-1990），名铭衡，字平伯，以字行，祖籍德清。俞樾曾孙。诗人、红学家。先后任教于燕京大学、清华大学。"新红学"的开拓者之一。著有《红楼梦辨》《冬夜》等。

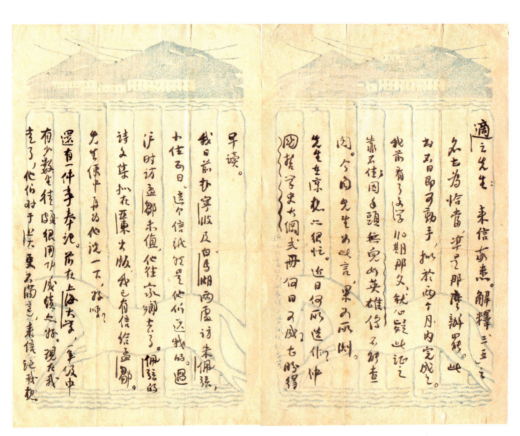

俞平伯致适之（胡适）函（一）

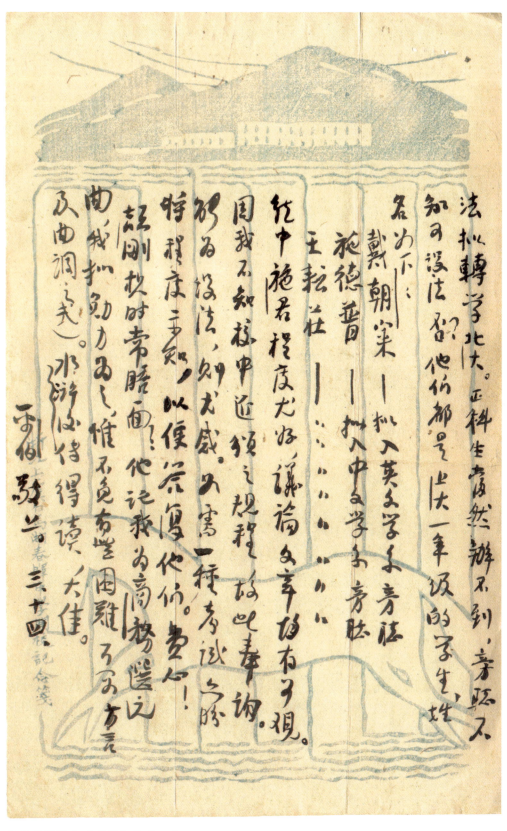

法拟转学北大。正科生庶然办不到，旁听不知可设法否，他们都是此大一年级的学生，姓名如下：

戴朝寀——拟入英文学系旁听

施德普——拟入中文学系旁听

王耘庄——……………

纪中施君程度尤好，谋论文章皆有可观。

因我不知校中近顷之规程故此奉询。

他们的说法，如无戏。如寓一种考试之时，特程度主劣，以便尝偿他们。盏心！

兹刚拟时常晤面，他记我为高务弼过曲，我拟勉力为之，惟不免有些困难，如江浙方言及曲词之类）。水浒须待得读，大佳。

平伯 敬兰 三十四晚 记仕笺

俞平伯致适之（胡适）函（二）

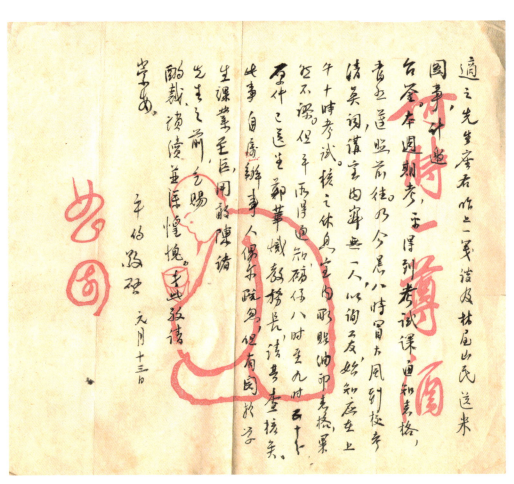

俞平伯致适之（胡适）函

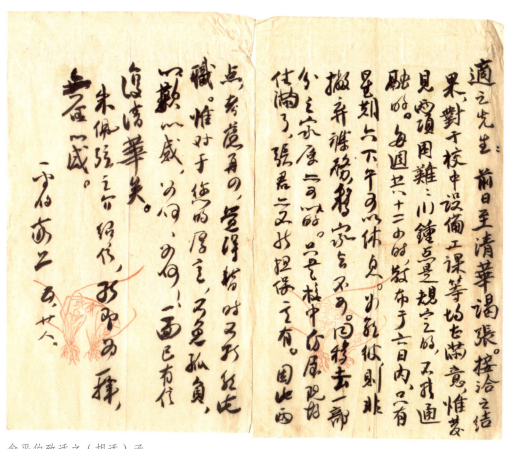

俞平伯致适之（胡适）函

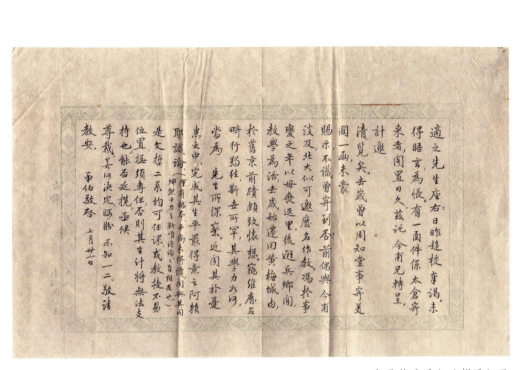

俞平伯致适之（胡适）函

適之先生座右日昨趨校幸遇未
得晤言為悵。有一面件係太倉寄
來弟閒置日久兹託今甫兄轉呈
計邀
清覽矣。去歲曾以周知堂事寄美
國一函未蒙
賜示不識曾寄到否前偶與今甫
談及北大似可邀慶名作教馮於事
慶之年以母喪返里後迺兵鄉間
教學為活去歲始還回黄梅城內
於舊京前蹟頗致悵想竊維慶名
畸行獨往斯去所宜其學力為何
當為先生所深察近閱其於憂
患之中完成其生平最得意之阿賴
耶識論（一皆有瑜本平萬末督讀間與其首
鄉知力之新唯識論，旨相反之）
是文指二系均可任課或教授不易
位置猶須專任否則其生計將無法支
持也能否延攬丞候
尊裁弟因決定暌睽示知一二。敬請
教安
平伯敬啓 七月廿一日

261

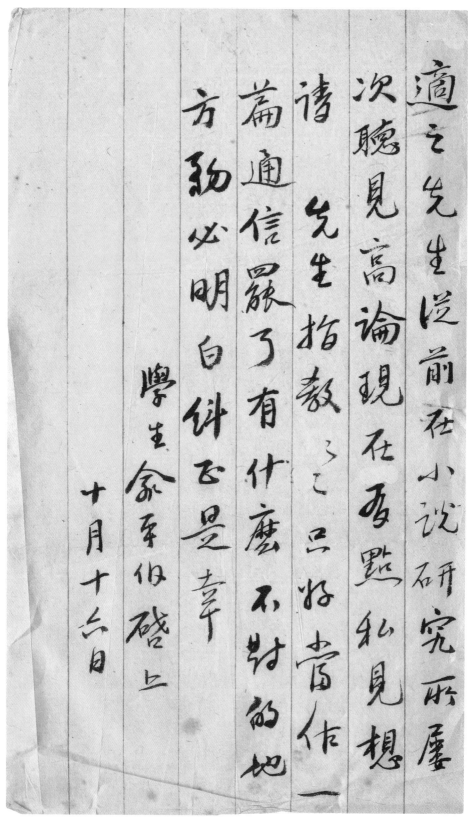

适之先生送前在小说研究所屡

次听见高论现在再把私见想

请 先生指教之之只好当作一

篇通信罢了有什麽不对的地

方劲必明白纠正是幸

　　　　学生俞平伯启上

　　　　　　十月十六日

俞平伯致适之（胡适）函

262

俞平伯致适之（胡适）函

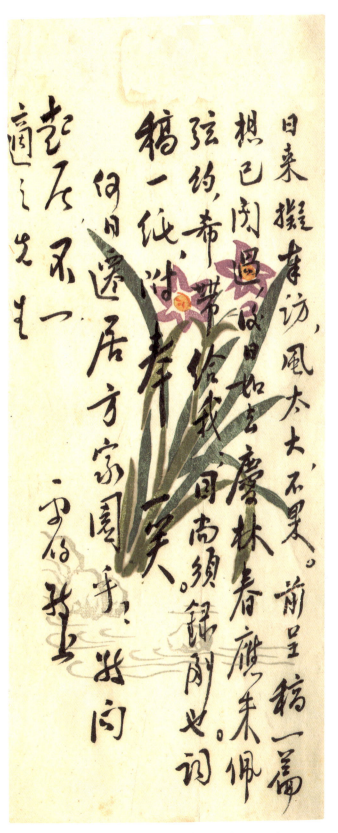

日来拟春游，风太大，不果。前呈稿一篇棋已阅过，似日妇处庆林春应未佩弦约，希带给我，回尚须录前也。稿一纯，附奉一笑。何日迁居方家园乎？此间起居不一，遂之先生

一平伯 拜上

陈立夫

陈立夫（1900–2001），名祖燕，吴兴人。陈其美侄，陈果夫弟。毕业于美国匹兹堡大学，矿冶工程硕士。历任国民党中央组织部长、国民政府教育部长等职。参与创立 CC 系。著有《孟子之政治思想》等。

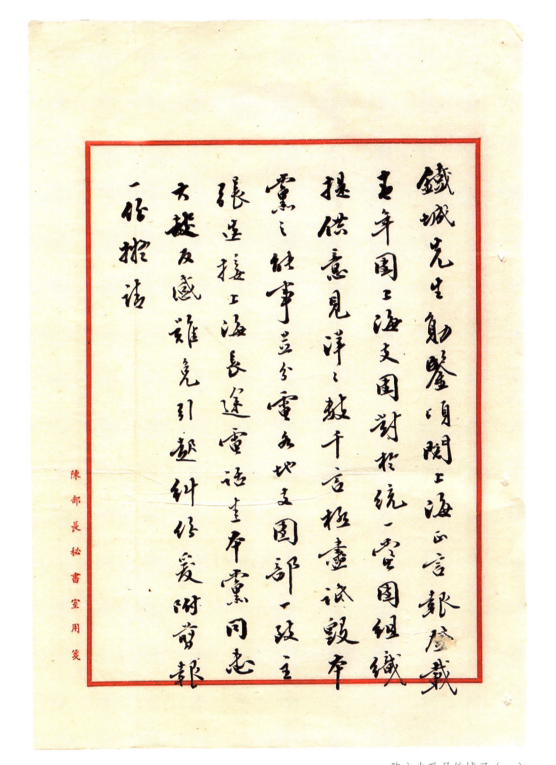

铁城先生勋鉴 顷阅上海正言报登载
去年国民上海支团封于统一党团组织
提供意见 洋〃叙千言 极尽诚恳 本
党〃纪事益乡 电令此支团部一致主
张 迳摇上海长途电话 直布党同志
大致反感 难免引起纠纷 爰附剪报
一份 挪语

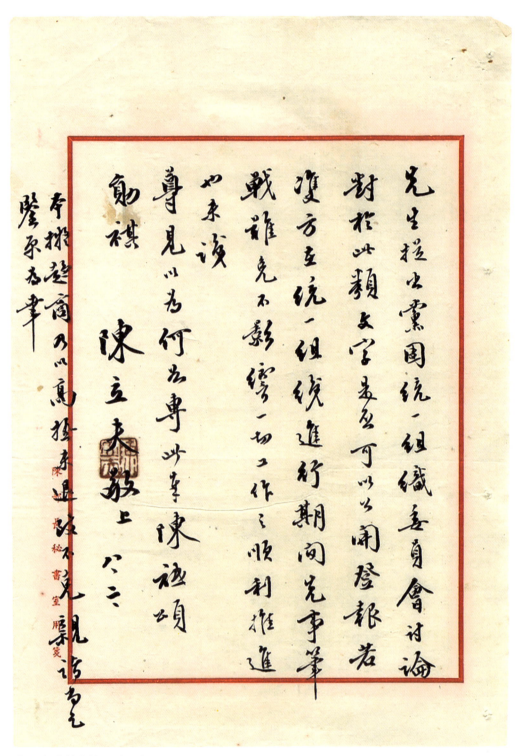

先生提出黨團統一組織委員會討論

對於此類文字是否可以开登報若

復方主统一組織進行期间先事筆

戰雖兔不影響一切工作之順利推進

如承诺

尊見以為何如专此奉陳祗頌

勗祺

　　　陳立夫敬上　八二

承挑趕商乃以急摺来先觐诗為

鑒原為幸

陈立夫致吴铁城函（二）

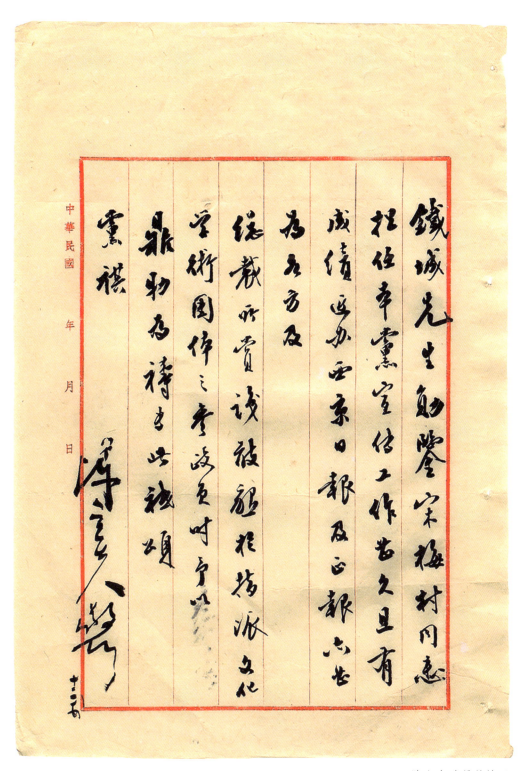

陈立夫

陈立夫致吴铁城函

稚暉先生賜鑒敬肅者　晚以世界道德
重整會在瑞士開會被邀參加奉准出
國即將首途回思廿五年來追隨
總裁與　諸先進之後戮力黨務勉効馳
驅諸荷
督教俾免隕越感篆良深祇以才識短
絀肆應無方罪戾日增德尤叢集重負
期許之懇摯彌切衷心之愧悚此行惟仍

立夫　用箋

陈立夫致吴稚晖函（一）

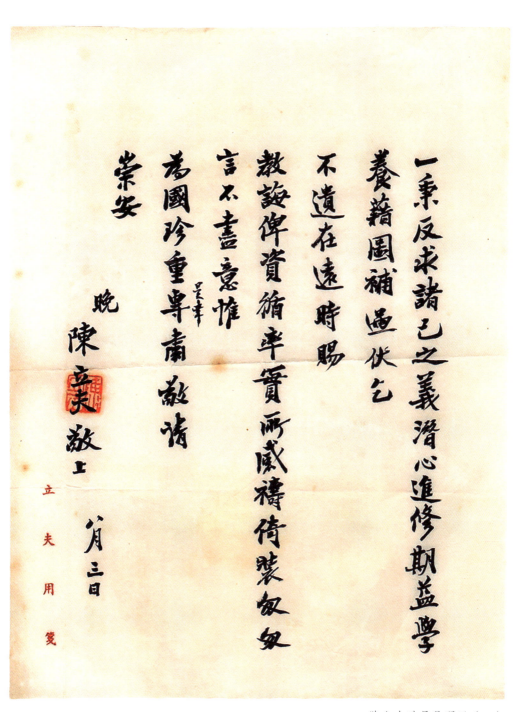

一秉反求諸己之義潛心進修期益學

養藉圖補匡伏乞

不遺在遠時賜

教誨俾資循率實而感禱倚裝敬匆

言不盡意惟

為國珍重專肅敬請

崇安

晚

陳立夫敬上

八月三日

立夫用箋

陈立夫致吴稚晖函（二）

269

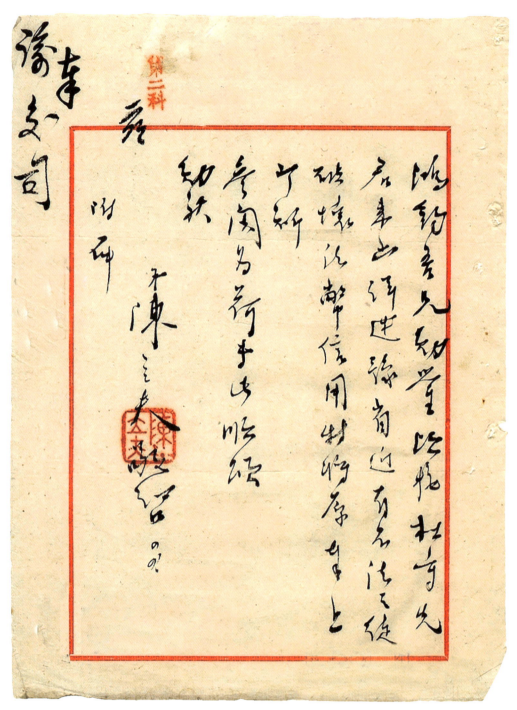

陈立夫致俞鸿钧函

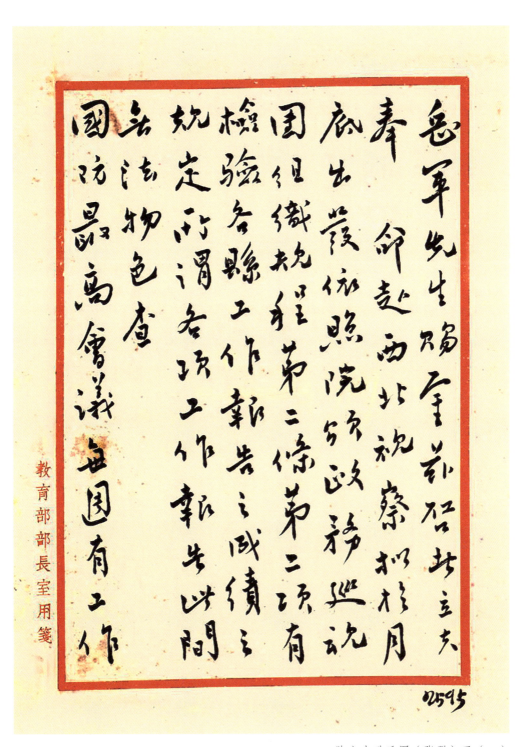

岳军先生殤鑒顷奉
召赴西夫
奉命赴西北视察抵榆月
底出巖依照院颁政务巡视
国组织规程第二条第二项有
检验各县工作报告之職責之
规定所謂各项工作報告此間
无法物色查
國防最高會議每因有工作

教育部部長室用箋

02595

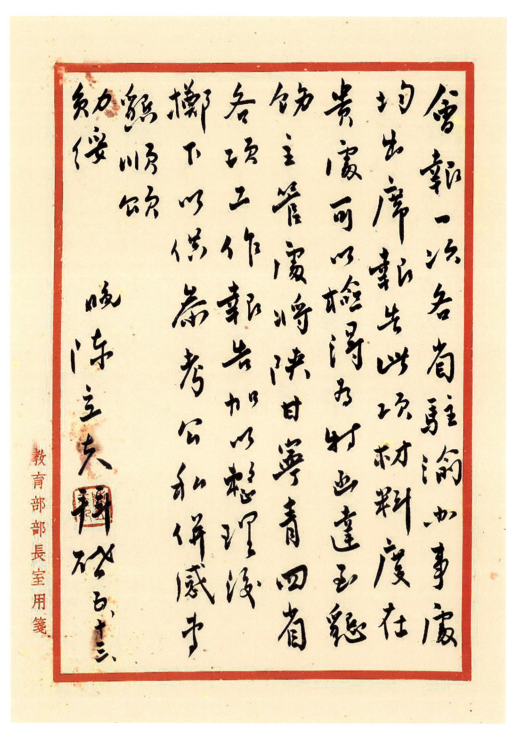

陈立夫致岳军（张群）函（二）

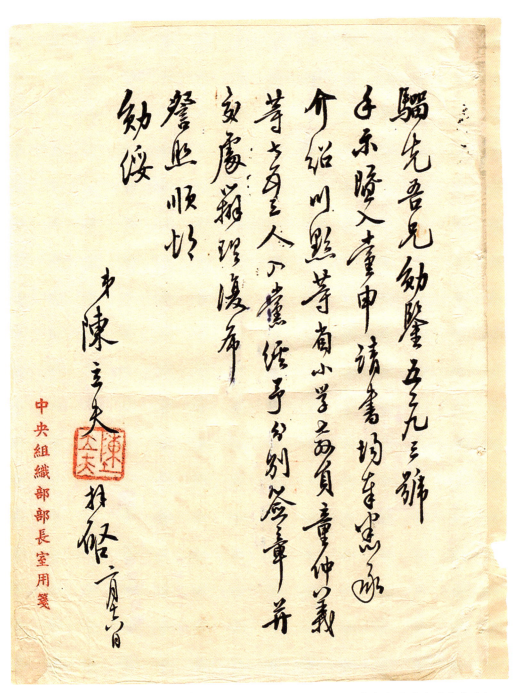

骝先吾兄勋鉴 五三九三号

手示顷入臺申请书均属实业

介绍川黔等省小学两员童仲义

等之查人入卢经手分别答章并

敬庋翔理後希

詧正顺颂

勋绥

中　陈立夫　拜启　九月廿日

中央組織部部長室用箋

陈立夫致骝先（朱家骅）函

273

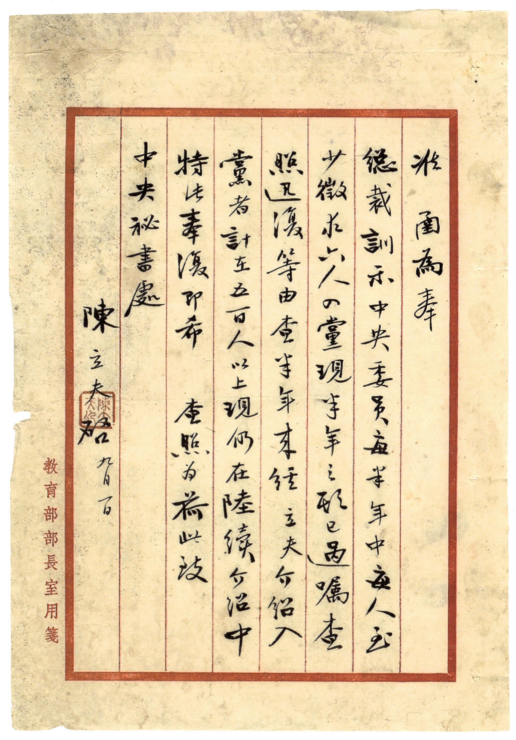

兹 函為壽

總裁訓示中央委員在本年中本人士

少微求此人〇臺現本年之眼已過囑查

照迅覆等由查本年末經 立夫介紹入

黨者計在五百人以上現仍在陸續介沼中

特此奉覆即希 查照為荷此致

中央祕書處

陳立夫

教育部部長室用箋

陈立夫致中国国民党中央秘书处函

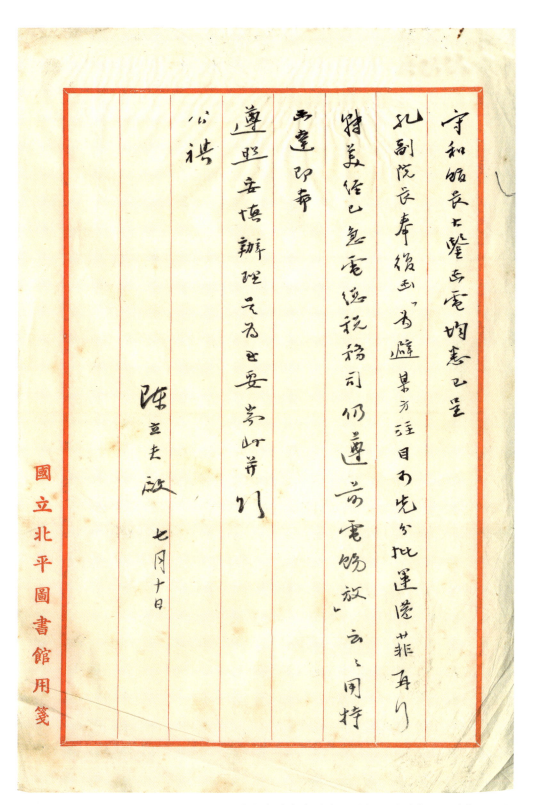

守和馆长大鉴：昨电谅邀
垂注已呈

孔副院长奉稿云，为避其方注目，可先分批运港，非
再

特美金已电函税务司仍遵前电照放，云云，同持

西运印书

遵照妥慎办理之为至要 崇此并门

公祺

陈立夫启 七月十日

陈立夫致守和（袁同礼）函（附袁同礼致胡适函）

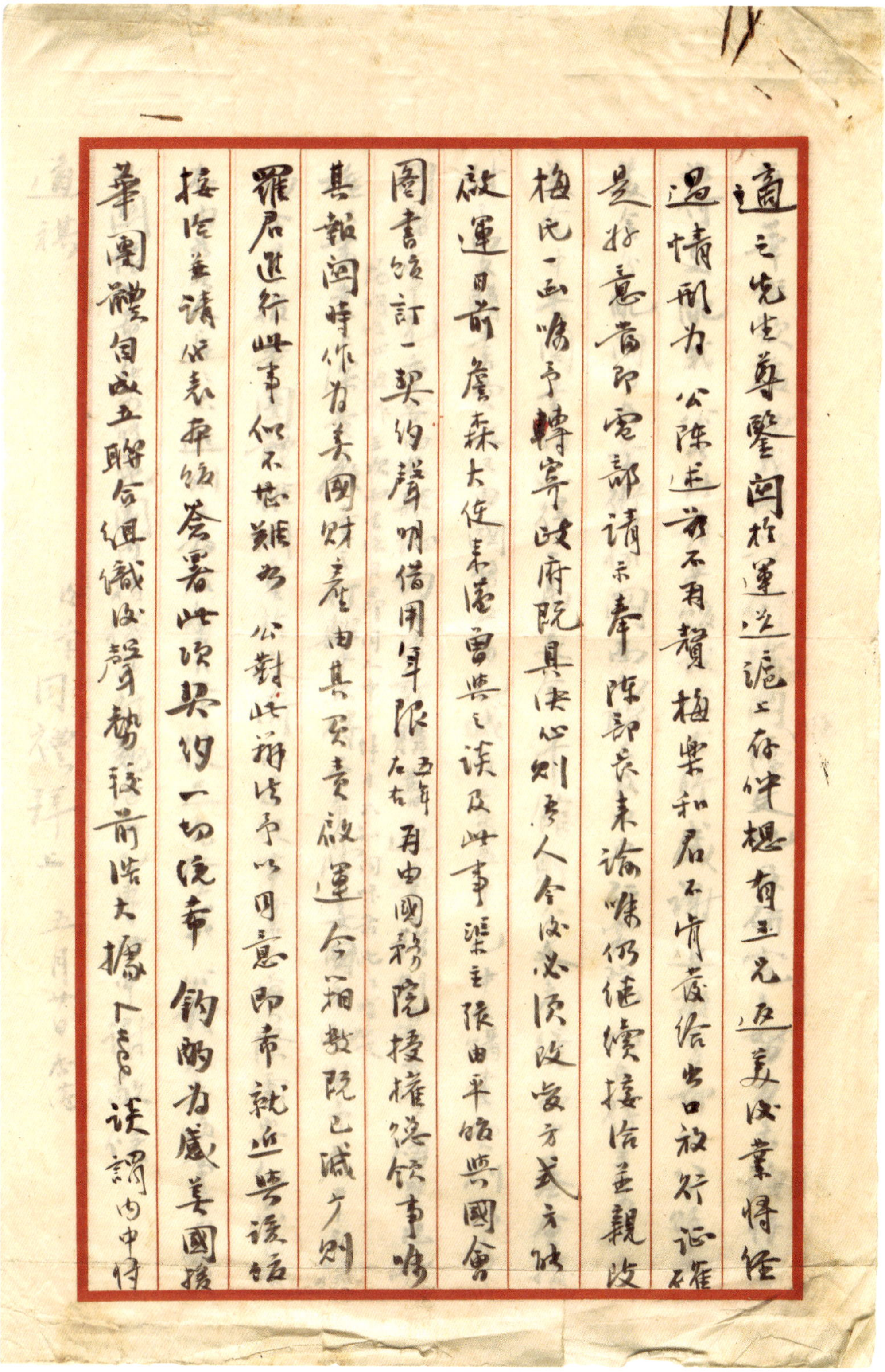

適之先生尊鑒：函於運送滬上存件，想有王光及近美政業得經過情形，乃 公陳述，亦不用贅。梅樂和君不肯簽給出口執行證，確是好意，當即電部請示，奉 陳部長來諭，囑仍繼續接洽，並親致梅氏一函，囑予轉寄。政府既具決心，則吾人今後必須改變方式，以防啟運。日前詹森大使來滬，曾與之談及此事，渠主張由平館與國會圖書館訂一契約，聲明借用年限（五年左右），再由國務院授權總領事，唯其報關時作為美國財產，由其負責啟運，含箱數既已減少，則羅君進行此事似不甚難也。 公對此辦法予以同意，即希就近與該館接洽，並請代表本館簽署此項契約，一切統希 鈞酌為感。美國援華團體自成立聯合組織後，聲勢較前浩大，據人言談，謂內中仍

袁同礼致适之（胡适）函（一）

陈立夫

道祺

所向懷古布在西附範圍内相機進行豹在五年已專此申謝敬候

弟 同禮拜上 五月廿日杏港

在内亦多吾人進一不進則又為教會大學捷三先登我以對於平館事業素

助今日之援華團體雖例重於救濟但建設事業之實際需要似亦包括

種種事業上深受嚴重之打擊不得不希此美國方面補予為平之援

國幣此千元重要與雜誌均年停訂購普通書籍則更無从購買凡此

付之西要關書費近又由國幣五萬元減為二萬五千元中文婿書費列仍為

美金中央圖書館此得一萬美金平館則分文未得而中基會撥

美金分配國内各學術機兩西南聯大及中央研究院均曾得三萬五千

如何支配我以此材為平館設告犬所處謝近杜言部以八十師等

有二華能歡援助我國學術機關讀文化及研究之努力未諛特表

袁同礼致适之（胡适）函（二）

277

张廷灏

张廷灏（1901-1980），吴兴南浔镇人。第一次国共合作期间，与恽代英等建立国民党上海市党部，并任青年部长。编有《不平等条约的研究》等。

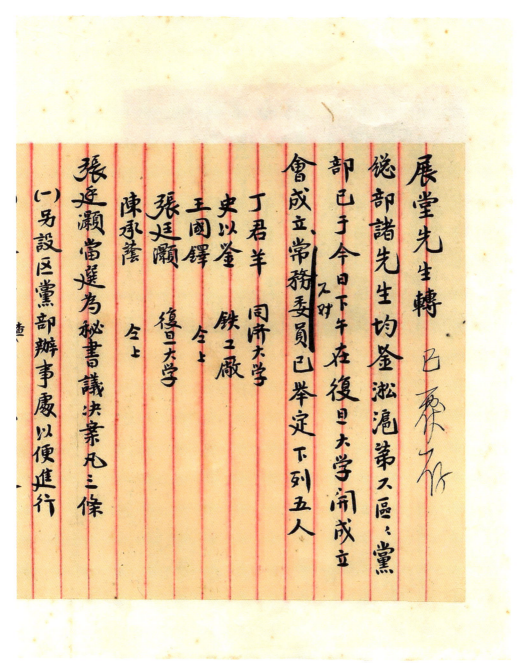

展堂先生轉 已察存

總部諸先生均鋻淞滬第八區·黨

部已于今日下午在復旦大學開成立 又附

會成立·常務委員已舉定下列五人

丁君羊　同濟大學

史以釜　鉄工廠

王國鐸　今上

張廷灝　復旦大學

陳承蔭　今上

張廷灝當選為秘書議決案凡三條

(一)另設區黨部辦事處以便進行

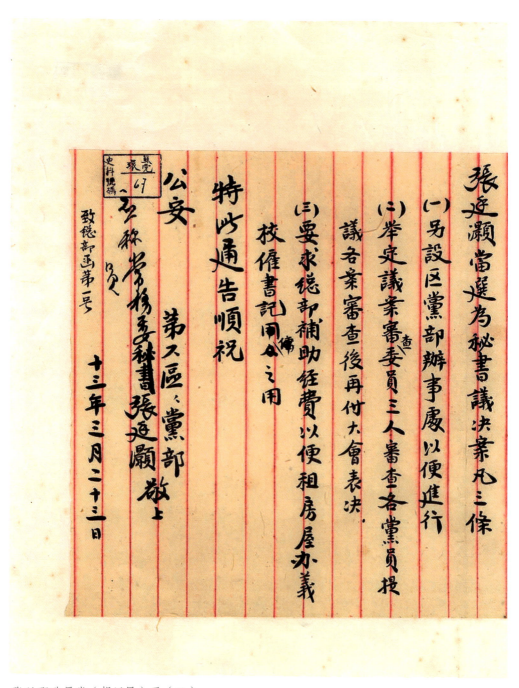

張廷灝當選為秘書議決案凡三條

(一)另設區黨部辦事處以便進行

(二)舉定議案審查委員三人審查各黨員提議各案審查後再付大會表決．

(三)要求總部補助經費以便租房屋辦義校僱書記同傳公之用

特此通告順祝

公安

　　第二區、黨部

　　　　常務委員科書張廷灝敬上

致總部函第一号　　十三年三月二十三日

张廷灏致展堂（胡汉民）函（二）

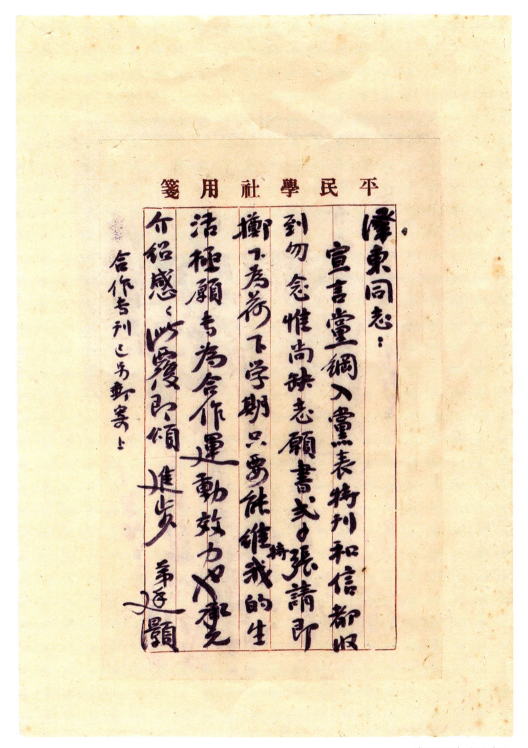

平民學社用箋

澤東同志：

宣言黨綱入黨表特刊和信都收
到矣 念惟尚珠志願書矣 張請即
擲下為荷 下學期只要能維我的生
活極願专為合作運動效力 yd 承兄
介紹感～此覆即頌 進步 弟廷灝

合作专刊乞為郵寄上

张廷灏致毛泽东函

281

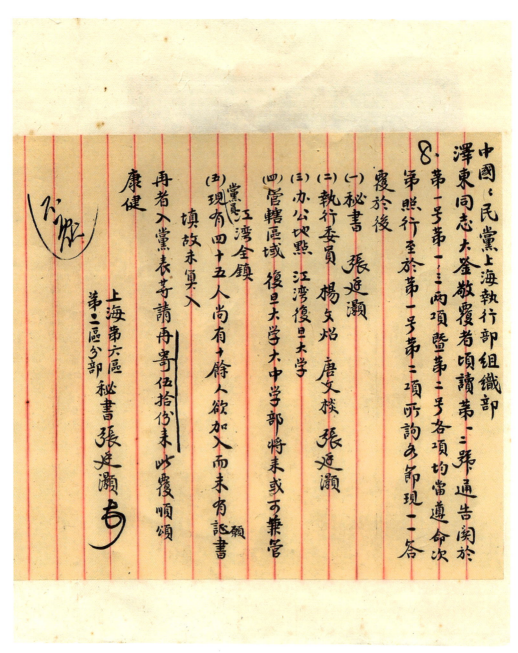

中国・民党上海执行部组织部

泽东同志大鉴敬覆者顷读第二号通告阅于

第一号第一二三两项暨第二号各项均当遵命次

第照行至于第一号第二项所询各节现一一答

覆於後

(一)秘书　张廷灏

(二)执行委员　杨文炤　唐文棫　张廷灏

(三)办公地点　江湾复旦大学

(四)管辖区域　复旦大学大中学部将来或可兼管

　　　　　　江湾全镇

(五)党员现有四十五人尚有十馀人欲加入而未有证书

填故未填入

再者入党表等请再寄伍拾份未此覆顺颂

康健

　　　上海第六区

　　　第二区分部　秘书　张廷灏

张廷灏致毛泽东函

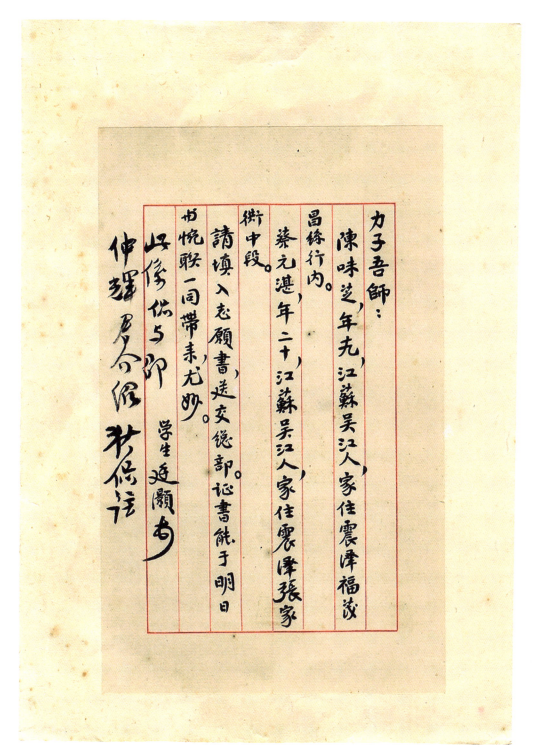

力子吾師：

陳味芝，年尤，江蘇吳江人，家住震澤福茭
昌絲行內。

蔡元湛，年二十，江蘇吳江人家住震澤張家
衖中段。

請填入志願書送交總部。讬書能于明日
甘悦聯一同帶來尤妙。

此修佈与即
　　　　　學生　廷灝上

仲輝　月仝伯
　　　　　　莊伯誌

后　记

　　湖州市民国史研究院和中国社会科学院近代史研究所因会结缘、因会相识。此后，湖州市台办的领导和同志，多次赴近代史所走访，建立了良好的合作关系。为进一步加深彼此的合作和交流，深入挖掘湖州民国史研究的价值和线索，拓展湖州民国历史研究的广度和深度，双方经过数次讨论，商定整理出版《湖州近代人物珍贵手札》一书，希望通过合作出版此书，让读者在品味近代湖州名人各具特色的手迹墨宝的同时，也能丰富对中国近代历史舞台上曾经叱咤风云的湖州人物的认知。

　　"一部民国史，半部在湖州"，章开沅先生如是说。这本书就像历史的"长镜头"，集中展现了湖州人在中国近代史上形成的独特地域性政治参与，也是一部民国史的地方缩影。本书一共甄选了 35 位近代湖州名人的手札，从著名学者、文学家、经学家俞樾到中共早期党员、为第一次国共合作做出贡献的张廷灏，人物众多，领域广泛，极具代表性。所有史料均为中国社会科学院近代史研究所档案馆收藏，按照人物生年先后编排。这是中国社会科学院近代史研究所首次尝试与地方性研究机构合作出版手札作品，对丰富湖州的地方历史文化、提升湖州的文化品牌、增进湖台两地交流，具有较大意义。

　　我们特别邀请了章开沅、杨天石两位先生作为本书顾问，葛剑雄先生为本书做序。中国社会科学院近代史研究所金以林副所长、湖州市台办黄宝根主任担任编委会主任，中国社会科学院近代史研究所民国史研究室罗敏主任和湖州市台办陆佩佩副主任组建编写组，档案馆工作人员崔健、茹静，湖州市民国史研究院徐美虹、许心恒、水浩淼、汪文丽参与选编和稿件校对整理，金以林副所长、黄宝根主任、罗敏主任、陆佩佩副主任负责最后审订。由于后世留存的人物史料多少不一，造成无法做到信件数量的均衡。非常感谢国家图书馆出版社慨允出版此书！

编写组

2018 年 8 月 28 日